その本は
まだ
ルリユール
されていない

坂本葵

平凡社

目次

その本はまだルリユールされていない

装画／naffy
装丁／名久井直子

第一章　本の魔術師

わたしの本は、まだルリユールされていない。

それどころか、表紙も用意されていないし、題名すら決められていない。わたしの本には顔らしい顔がない。実を言えば、本文すらまだ真っさらの白紙なのである。全部で何ページになるかもわからない。

来るべき日が来れば、着手されるかもしれない。ふさわしい時の到来を待ちながら、半永久的に留め置かれるかもしれない。ついには完成しないかもしれない。出来上がったところで、誰の目にも触れられないかもしれない。

それでも、本を作りたいという意志だけはある。この世にたった一つしかないわたしだけの本を――。


「それで、四月からの働き口はもう見つかったの？　まふみ」

「……うん、まあ一応。花園小《はなぞのしょう》の図書室なんだけど」

「えっ、花小の？　良かったじゃない、どうして早く教えてくれないのよ。遠くの知らない図書館に勤めるより安心だわ。誰か知ってる先生は残ってらっしゃるかしら？　えーと、六年の田中先生は小平《こだいら》に転任されたし、林先生は……。ま、それはともかく、そんなら実家《うち》へ帰ってくるのよね？」

電話口でパッと声の明るくなった母に尋ねられて、私は返答に詰まった。どうにか決まった来年度からの派遣先、私の出身小学校の学校司書に配属された件を杉並の実家に報告できずにいたのは、こう尋ねられるに決まっているからだ。答えは「ＮＯ」なのだけれども、それを告げたら両親がどんな思いをするかと考えると言い出せない。どういう理由を付けて説明するのが一番穏当で角が立たないだろうかと、日々忙しく仕事に追われる中で考えあぐね、電話もメールもできないでいるうちに、とうとう母から電話が掛かってきてしまった。

「……ごめん、近くのシェアハウスに住むことにした」

「ええっ、どうして？」

「最初はね、戻るつもりだったんだ。そしたら職場の先輩の妹さんで、専門学校へ入るんで上京する子がいるんだけど、なんかうちの妹すごいぼーっとしてるから心配、って。その子が住む下宿先がちょうどうちの地元らしくて、シェアハウス楽しそうだし何なら私も住みたいですー、って言ったら、まふみちゃんが妹と同じとこ住んでくれたらホント安心だし助かる、って本気で頼まれちゃったのね」

「そんなの断ればいいじゃない」

「うーん、普段すごくお世話になってる先輩だし……。あと、調べたら家賃すごく安くて、まあ悪くない感じかなって」

「まふみは本当に押しに弱いわねえ、昔から」

電話の向こうから、母の溜め息が漏れた。

「ねえ待って、シェアハウスって本当に大丈夫？　集団生活みたいなものでしょう、変な人や気の合わない人がいたらどうするの？」

「そんなのじゃないって。ちゃんと鍵の掛かる個室があって、大きな台所とかお風呂とかが共同なだけ」

「……そう。もし気に入らなかったら、いつでもうちに戻ってきていいからね。部屋もそのまま残してあるし、まふみが家に戻ってくることを恥ずかしいだなんて、お母さん全然思ってないから。それで、場所はどの辺りなの？」

その言葉は心の壁に、楔《くさび》のように突き刺さった。ああやっぱり、恥ずかしいことなんだ。私はもう、自慢の娘じゃないんだ。それをお母さんは、恥ずかしくないと一生懸命に信じようとしているんだ。

「釣り堀の近くのシェアハウス。……あ、ごめん、電池なくなりそうだから切るね。後でまたメールするから」

耳から離した電話の向こうで、「待って、釣り堀って、あそこの？」とまだ何か尋ねようとしている母の声が急速に遠のいてゆく。通話ボタンを切った。

もちろん、充電が切れそうだなんて嘘。先輩に頼まれてのシェアハウス暮らしも嘘とまではいかないが、ほとんど口実に過ぎず、実家に帰って毎日両親と顔を合わせたくないというのが本音だ。つくづく勝手な娘だと自分でも思う。胃の中にずしりと重たい石を抱えているような感覚に苛まれ、しばらくその場から動くことができなかった。

大学を卒業して以来、私は非常勤の派遣司書として首都圏の図書館を転々としてきた。今は千葉の松戸にある公立図書館に勤めているが、その契約期限もこの三月末までだ。

けれども、元から司書になりたかったというわけではなかった。父が司法書士で、一人娘の自分もそうなるのだと子どもの頃から思っていた私は、司法書士試験の合格を目指して学生時代から勉強を続けてきた。在学中には合格はできなかったものの、あの難関試験に通る学生は一握りの優秀な人に限られ、私のような凡人は卒業後に働きながら勉強を続けるのが一般的だった。実際にそういう人は先輩や知人にいくらでもいたから、その時点ではまだ、私は自分の将来に大した不安を抱いてはいなかった。似た境遇の同期は、法律や不動産関係の事務所に就職したり、とりあえず手持ちの資格を使って非正規の教員や学芸員になったりしていた。大学事務や私学共済の職員になった人もいる。友人の朋子は「別にやりがいはないけど、忙しくもないらしく、待遇はそれなり、何といっても出身者ならほぼ百パーセント採用だから」という理由で母校の事務員になった。こうした環境で、在学中にたまたま司書の資格を取っていた私が、それなら自分は司書をやりながら合格を目指そうと考えたのは、自然な流れではあったと言える。昔から本は大好きで、図書館ならそう忙しい仕事でもないだろうし勉強にうってつけな環境だろう——当時の私はその程度に安直に考えていた。司書はかりそめの仕事で、いつかは試験に合格するはずと信じていたから。

新卒でとあるロー・ライブラリーに勤めていた頃まではよかった。雲行きが怪しくなってきたのは、その契約が一年で切れて次の勤め先を探すも、結局法律と何の関係もない学校図書館に転職せざるを得なかった時からだ。この頃になると、実家の両親は私の将来について不安を隠し切れなくなった様子で、私自身このままでいいのかという疑念が日に日に強くなっていった。ＳＮＳを開けば、同期は着実にキャリアを積み上げており、結婚して子どもや家を持つ人も出てきた。私にはどれも縁のない世界だ。

考えてみると、父と同じ道を歩むという以外の理由で、そもそもなぜ司法書士になりたいのか、なったところで何をしたいのか、自分でもよくわからなくなってしまった。いや、正しく言うと、もともと私はわかっていなかったのだ。親や教師に期待された通りに法学部に入り、周囲に合わせて行動してきた結果がこれだ。

試験には落ち続け、仕事と勉強の両立にもくたびれ始めていて、一向に合格の兆しは見えない。そして、昨年の試験でとある大失敗をした私は、もうこれ以上続ける気力を失ってしまい、ついに受験を断念したのだった。

まさか、ここまで積み上げてきたものを諦める日が来るとは思ってもみなかったし、私自身、いまだにそのことに気持ちの整理がつきかねている。これからずっと、図書館の司書として生きていくのだろうか。常勤の職を得られるかどうかもわからず、もしかしたら生涯不安定な非正規職として……。それを考えると私の胸はやり切れない思いに潰れそうになる。けれども生活のためには、不本意だろうが何だろうが働かなくてはならない。

三月に入ってやっと、花園小学校の図書室に新規採用が決まったのも束の間、次に頭を悩ませたのは住まいのことだった。状況からすればどう考えても実家へ帰るのが筋で、両親も当然そう思うだろうが、私としてはそれだけは避けたい。こんな出来の悪い娘として親元に帰るのは嫌だった。

そう悩んでいたところへ例の先輩から上京する妹さんの話を聞き、もうこれを口実に下宿するしかないと考えたのだ。実際には先輩から懇願されたというよりも、私のほうが前のめりになり、先輩は思いがけない展開に少々引いていたというのが正しい。

花園町の「リーブル荘」。木造の二階建て、築四十五年。全六部屋のシェアハウス、家賃は格安。大家さんが敷地内に住んでいて管理人も兼ねているらしい。

「あとさ、まふみちゃんって釣りは好き？」

「釣りですか？　あんまりやったことないので、何とも……」

「なんか釣り堀があるらしいのよ、そのシェアハウスの隣に」

それを聞いた私は、たちどころにどの建物なのかわかってしまった。浄水場のある高台から花園小学校へ下る坂道の途中、住宅地の少し奥まったところに南魚庵《なんぎょあん》という小さな釣り堀があるのだ。目立った案内板もなく、こんなところに釣り堀があるなどとはとても想像もできないような場所で、知る人ぞ知る釣り堀である。小学校時代、私は帰り道に住宅街を探検していたとき偶然、その釣り堀のあることを知ったのだった。

南魚庵さんの隣？　ああそう言えば、二階建てのおんぼろなアパートがあったような……。

（あれが「シェアハウス」？　昭和の長屋の間違いじゃないの？）

今風のシェアハウスに住めるかもという私のささやかな期待は早くも裏切られた。築四十五年で建て替えもリフォームもしていないなら、まさに子ども時代に見た前時代的なアパートそのままではないか。何が悲しくてあんなボロ屋に住むのかと情けない気持ちになったが、実家があるのに地元で一人暮らしをする口実には、これ以上うってつけの物件はなかった。大家さんも住んでいて、隣には子どもの頃お世話になった南魚庵さんがあって……とくれば、いくら心配性の母でもしぶしぶ納得するに違いない。そう考えた私は現地に行くことすらなく、ネットと郵送の手続きだけでリーブル荘二〇四号室を契約してしまったのである。


三月下旬に入ってからすっきりしない雨模様の日が続いていたが、引っ越し当日、三十一日の朝にはようやく雨が止んだ。灰色の曇り空で空気は肌寒く、地面や道路には昨夜まで降り続けた雨の水たまりの跡がそこら中にできて、陰気な空模様を映し出していた。

母校である花園小学校に続く坂道沿いの風景は、子ども時代からほとんど変わっていない。まだわだかまりを抱えた胸の中に懐かしさがこみ上げてきて、古びた毛布で体中をくるまれたような、やや息苦しい安心感に私は包まれる。花園町一丁目五番地十号……ここだ。

それはやはり私のおぼろげな記憶にあった通りの木造アパートだった。その二階建ての建物の屋根は瓦葺《ぶ》きで、壁一面を覆う木の板はすっかり古びて黒ずんでいた。ベランダと呼べるほどのものはなく、裏窓の外にはかろうじて身を乗り出せるほどの手すりがあるのみで、どの部屋も日に焼けた簾《すだれ》を下ろしている。一番奥の方にアパートと一体化した家があり、おそらくここが大家さん——綺堂瀧子《きどうたきこ》さんという婦人の名前を私は不動産屋から教えられていた——の住居なのだろうと想像された。

腕時計を見ると、正午を少し過ぎたところ。大家さんとの約束も、引っ越しのトラックがやって来る予定も午後一時である。少し早く来過ぎたようだ。今のうちに大家さんにご挨拶を……とも思ったが、いくら何でも約束より早過ぎるし、ちょうどお昼時だから迷惑になるかもしれない。そこで私は、アパートの裏手に回って南魚庵の方へ行ってみることにした。

住宅街の中にひっそりと佇《たたず》む釣り堀。周囲を民家が取り囲む中、まるで空間にぽかりと一つ空洞があいたかのように、十五平方メートルほどのこじんまりとした深緑色の池が静かに水を湛えている。お客は帽子をかぶったおじいさん一人だけで、池の端でプラスチック製のビール容器箱をひっくり返した椅子に腰掛け、静かな溜め池に釣り糸を垂らしながら、うとうとと微《ま》睡《どろ》んでいるのが見えた。

「あの……こんにちは」

園内の掃き掃除をしている庵主に向かって、私はそっと声を掛けた。庵主が振り返る。頭に巻いたトレードマークの波模様のバンダナ、チョビ髭、温厚な眼差しなどはあの時と同じだ。今は五十の半ばほどだろうか、さすがに私が知っていた頃と比べると白髪が増え顔の小皺も目立っているが、まぎれもなくこれはあの庵主さんである。

「南魚庵さんですよね。私、十五年くらい前に時々ここへ来てた花小の生徒なんですけど……」

「え？　あっ、もしかして……まふみちゃん？」

庵主さんは私の顔と名前を覚えてくれていた。下町言葉がナヨッとしたような独特の喋り方も健在だ。驚いたのと嬉しいのとで、私と庵主さんはお互いに顔を見つめ合って微笑んだ。

「おやまあ……こんな立派な大人になって」

「ありがとうございます。庵主さんこそ、お変わりないようで」

「久々に訪ねてきてくれて嬉しいよ、まふみちゃん。どうしたんだい、この近くで何か用事でもあったの？」

「実は私、今日からあちらのシェアハウスに住むことになったんです」

そう言って私がリーブル荘を指差すと、庵主さんは「えええ？」と再び驚いた。

「もしかして、まふみちゃんの苗字って『中島』？」

「ええ、中島ですけど」

「偶然ってあるもんだねえ。俺、あすこの大家さんとはツーカーの仲なんだけど、今日は大家さんが不在だから、代わりに鍵を預かってるんだ」

南魚庵さんはそう言いながら、番台の下をごそごそやって鍵束と封筒に入った資料を取り出した。

「はい、二〇四号室。今すぐ行きましょ、俺が大家さんの代わりにアパートのいろんなこと、全部案内してやるから」

「でも釣り堀にお客さんが……」

「いいのいいの、あの爺さん常連だから、俺がちょっと外したくらいじゃ何とも思わないよ。つうか寝てるし。さ、ついといで」

南魚庵さんに案内されて中へ入った。ちなみに、庵主さんは一度も「シェアハウス」とは呼ばず「アパート」と言う。そのほうが私にもしっくり来る。

玄関にある木製の共同靴箱には何十年にもわたって蓄積した独特のにおいがこもっていた。一階は主に共有スペースで個室は二つのみ。台所のガスコンロも洗面所も風呂場も、全てが旧式である。タイル敷きのお風呂なんてまるでおばあちゃんの家のようだ。廊下の階段を上がると、二階には四部屋がある。二〇四号室の中は畳敷きの小さな和室で、ちょっとした手洗い場があり湯沸かしくらいはできるようになっている。事前に間取りの資料を見てわかっていたこととはいえ、今日からこんな古臭い部屋で暮らすのかと思うと、新生活らしいうきうきとした気分とはほど遠い。

庵主さんは私にガスや水道のこと、共用部やゴミ出しや回覧板のルール、ささやかながらも裏手にある庭の使い方など懇切丁寧に教えてくれただけでなく、アパート内の挨拶回りにも付き添ってくれた。例の先輩の妹さんは二〇三号室で、大人しそうな女の子だった。

庵主さんによれば、一〇一号室の住人はこの近くの花屋に勤める兄ちゃん。一〇二号室のインド人はシェフで共用キッチンをとてもよく使う。時々彼女さんを連れてきて、本当は泊めるのは規約違反なんだけどいい奴だから見逃してる。二階は全員女性で、二〇一号室の老婦人は苦労人らしいんだけど異様にケチで釣り堀でも値切るから困る。……といった具合に、住人たちの人となりを事細かに披露するのだった。

「本当にこのアパートのことにお詳しいんですね。まるで南魚庵さんが大家さんみたい」

「釣り堀にお客さん来なくて、暇だからね。年々経営が傾いてて、斜陽産業もいいとこよ……。ま、それはともかく、大家さん――綺堂瀧子さんはね、本業で忙しいんだよ。あの人は製本家の先生なんだ」

「製本家？」

「すごく綺麗な本とか、ノートとか、アルバムとか、あと何ていうのか忘れちゃったけど、革の表紙に箔《はく》押しの入った立派な本……そういうの作る人。ボロボロになった本の修理もしてくれるんだ。今日はね、大宮の何とかいうカルチャーセンターの講師に呼ばれてて留守なのさ」

「そんなに有名な方なんですか」

「そうなのよ。製本業界では知らない人のない名職人で、瀧子親方と呼ばれてるんだって。俺も外では『大家さん』って言うけど、工房の中じゃ『親方』って呼んでる」

「工房の……中？」

「ああ、この建物の端っこにちょっと出っ張った部分があるだろ。そこが大家さんの家。二階が住居で、一階が製本工房なんだ。すごい部屋で、まふみちゃん見たらきっと感動するよ。俺、合鍵は持たされてるんだけど、さすがに工房だけは職人の聖域だからなあ……」

その閉ざされた一階の扉の前に佇みながら、庵主さんは残念そうにつぶやいた。扉の上の方には黒っぽい木のプレートが掛かっており、

「ルリユール工房」

という名前が白い文字で記されている。

「ル、リ、ユール……」

その不思議な響きを持つ言葉を私は口の中で唱《とな》えてみた。

「ま、瀧子親方がいる時に見せてもらいな。今日は帰りが遅くなるらしいから、挨拶は明日にしたらいいよ」

ぼんやりと大家さんの家を眺めていた私の目線は、おのずと一階から二階へと移っていったが、その時、二階の窓ガラスの向こうのカーテンがふわり、と揺れたように見えた。窓は閉められているので風のせいではない。

(ん?)

私は目を凝らしてもう一度見つめたが、じーっと眺めていてもカーテンはピクリとも動く様子はなかった。

(気のせい……かな)

そこへ、重たげな音を立てて引っ越しのトラックがやって来た。荷物運びを手伝ってやろうか、と庵主さんは言ってくれたが、さすがにそれは申し訳ないので丁重にお断りした。

「手伝いが必要になったらいつでも呼びなよ。そこの窓から、釣り堀に向かって手を振ってくれたら駆け付けるからさ」

引っ越し業者の人たちは手際がよく、荷物の運び入れと家具の設置は呆気《あっけ》ないほどすぐに終わった。段ボールの積み上げられた足の踏み場もない新居に、私は一人取り残された。これから荷物を棚の中に移し替えたり、台所の棚に食器類や鍋を収めたり、パソコンや無線ＬＡＮの設定をしたりと、何かと厄介《やっかい》な作業が待っている。どこから手を着けようかと迷ったが、まず一番手近にある段ボールを開けてみる。

するとそれは本やファイルや文具類の入った箱で、中からは六法全書や法学の教科書や各種参考書――つまり、私が司法書士試験の勉強のために使っていた本やノートの数々が出てきた。いついかなる時でも、肌身離さず持ち歩いていた『ポケット六法』。表紙は擦り切れて剝《は》がれる寸前で、中身もすっかりボロボロになっている。あちこちに赤ペンや蛍光ペンで書き込みがあり、無数に貼られた付箋《ふせん》や折れ曲がったページの角のために本はぶくぶくと膨らんで、もはや原形を留めていない。

（こんなもの、きれいさっぱり捨ててしまおう）

司法書士を断念することに決めてから、これらの本を前に何度そう考えたことか。しかし、いざ資源ゴミの日に捨てようという段になって紐で縛ろうとすると、どうしても縛ることができないのである。もしこれを捨ててしまったら、大学の四年間と卒業後の五年間、私の貴重な青春の九年間はいったいどうなってしまうのか。それこそ苦労して続けてきた勉強の証が跡形《あとかた》もなく消え、九年という月日までもが消えてなくなってしまうような虚しさにとらわれて、私はどうしても法学関係の本を処分する決心が付かないでいた。

かと言って、今となってはもう何の必要もないものだし、いつも目に付くような本棚や机の上に並べておくのはあまりにも辛すぎる。そこで必要なものを全て取り出すと、私は六法全書の入った箱にもう一度封をして、それを押し入れの奥深くへしまい込んだ。

＊

翌日の四月一日。私は持っている服の中で一番かっちりとした黒のジャケットに千鳥格子のスカートを履いて、坂の下の花園小学校へと向かった。

懐かしい母校の正門をくぐる。校門の脇には桜並木がすっかり花を咲かせており、チューリップの花壇も、芝生の百葉箱《ひゃくよう》も、白い時計の柱も、私がいた頃から変わらず残っていた。始業式と入学式は七日なので、まだ生徒は一人もおらず小学校の敷地内は静まり返っている。教室のある校舎や給食室はピカピカの新館に建て替えられていたけれども、職員室や保健室、それに図書室のある古めかしい棟は本館と呼ばれ、そのままの姿で残されていた。

玄関で校章の入ったスリッパに履き替えた私は、緊張しながら職員室へ向かう。

「失礼します」

扉を開けると、部屋の中にはずらりと先生方の机が並び、どの先生もノートパソコンに向かってキーボードをたたいたり資料を印刷したりと、朝から慌ただしい雰囲気に満ちていた。

「本日から図書室へ着任しました、司書の中島と申します」

「どうも、図書主任で四年生の担任をしている小此木《おこのぎ》です。よろしく」

その小此木先生という四十近くに見える男性は私の知らない先生で――というより、この職員室を見渡しても知らない顔ばかりで、小学校時代に見覚えのある先生は一人しか見当たらなかった。

「中島さん、うちの卒業生なんだって？　誰かお世話になった先生はいる？」

「そうですね、直接教わったことはないんですが、あちらの加藤先生に」

「今は教頭先生だよ。で、中島さんは花中《はなちゅう》、第一高校と進んで……明正大学法学部だっけ。大したもんだねえ。それで司書さんってのは珍しい気がするけど、そういうもんなの？」

「ええ、まあ、いろいろと事情がありまして……」

「それじゃ、ちょっと重たいけどこのファイルが資料一式。業務説明をしたいんですが今から職員会議なんで、先に図書室開けて待っててくれる？　これは鍵、場所はわかるよね」

「いきなり私が開けちゃって大丈夫なんでしょうか。終わるまでこちらの隅の方でお待ちしていても？」

「あーそれはダメなんだ。正規の教職員以外は職員会議に参加できない規定でね、会議中は入室も不可ってことになってるんですよ。悪いねえ、規則だから」

追い出されるような格好になった私は、ずしりと重いファイルを抱えながら鍵束を持ち、小学校時代の記憶を頼りに階段で二階へ上がった。別に今更、この程度のことで傷ついたりはしない。以前とある公立小学校で学校司書の仕事をしていたとき、私を曲がりなりにも司書だと認識してくれたのは図書担当の教諭ほか数名だけで、大半の先生は皆私のことを図書室勤務の事務員だとしか思っていなかった。職員会議にも出席の権限がなく、職員室に何か備品を取りに行きたくても会議中は入室すら許されなかった。一年生の「図書の時間」で読み聞かせをやってみたいのですが、と担任の先生方に提案したところ、「パートさんは教育内容に口出ししないで」と言われたこともある。

図書室は二階の廊下の突き当たりにあった。誰もいない廊下に私の足音と鍵束のガチャリガチャリという音が響く。曇りガラスの嵌《は》め込まれた図書室の扉に鍵を挿し込んで開けると、濃厚な本の匂いが鼻先へ流れ込んできた。

「東京の小学校で一番小さな図書室」と呼ばれた、我が花園小学校の図書室。私は図書室を見渡しながら、この十五年間の時の流れを感じ取っていた。すっかり様変わりしてしまった新しい蔵書や備品もあれば、十五年前で時がそのまま止まっているようなところもある。

入り口付近には蔵書カードの入った木製キャビネットが並び、カウンターの上には六角形の回転式図書カード入れが置かれていた。かつてはこれで本を探し、本を借りるというシステムだったが、現在ではさすがにパソコン管理に切り替えられているらしい。キャビネットは無用の長物と化し、回転式カード入れは単なる小物入れに転用されていた。小さなこの部屋の本棚には、長年かけて集められてきた絵本、児童書、図鑑などがぎっしりと詰まっている。図書の背に貼られた請求記号ラベルは、手書きとスタンプと印字とが混在しており、貼られている高さもまちまちで、長い年月の間に何人もの司書がこの仕事を担当してきた日々を感じさせる。閲覧スペースには六角形の閲覧机と椅子が整然と並べられており、窓からは明るい日差しが差し込んでいる。束ねられたカーテンは元の色が判然としなくなるほどすっかり白茶け、日向くさい匂いを室内に充満させていた。

（そうだ、あの絵本……まだあるかな？）

私は書架《しょか》の中で、小学生のころ一番のお気に入りだった絵本を探し始めた。――あった！ミランダ・マイヤーズ作、『とべない鳥のしょくん！』。

それは普通の鳥たちから笑い者にされている、あひるのガァブ、ペンギンのポンポン、それにだちょうのディーディーたちが、「とべない鳥れんめい」を作り、寒い時期には誰にも使われていない市民プールで、「ひみつのれんしゅう」をするという物語だった。健気《けなげ》に頑張るガァブ、ちょっと油断するとすぐプールで泳ぎたがるポンポン、大きいくせに泣き虫のディーディー。三羽の愛しさ、間抜けさ、ひたむきさが、どれだけ自分の支えになったことかと私は思い出す。学校で嫌なことがあったときも、ちょっと心がすりむけてしまったときも、とべない鳥たちのことを思い出せば元気が戻ってきたものだった。

「どうもお待たせ。おっ、さっそく蔵書点検ですか、司書さん」

職員会議を終えた小此木先生が図書室へやって来た。先生と私は六角形の閲覧机の一つに向かい合って腰掛け、先生からかなり長い時間をかけて業務説明を受けた。この図書室の概要、貸し出し業務、新着資料の受け入れ方法、子どもたちへの対応、各種授業とくに「図書の時間」との連携について……などなど。

「こまごまとした事務的なことは、前任者が丁寧な引き継ぎ資料を用意してくれたので、まあそちらを参照してください。一人きりの職場でいろいろ不安だとは思うけど」

「ワンオペには慣れています。学校司書はどの学校でも『ひとり職場』だそうですから」

「わからないことがあったら僕に何でも相談してちょうだい」

「あの、ひとつお尋ねしてもいいですか？　先生」

私は閲覧席を立ち、図書室の一番突き当たりにある金属製の扉のところまで歩いていった。そして、その扉についている回そうとしてもビクともしないドアノブを指し示しながら尋ねた。

「この扉は、いつになったら開けるのですか」

「いや……実はもう何年も前から、ずっと閉鎖したきりなんだ。中島さんがいた頃はまだ開いてて、区立図書館の二階につながっていたのかな。でもその後、小学校に刃物を持った男が乱入して、子どもが何人も犠牲になったという痛ましい事件があったでしょ。あれを機に、一般人が学校に入って来られるのは危険だというんで、この通路も閉鎖することになったんだよ」

「今はもう、閉まってるんですか……」

そうなってしまったかもしれないという可能性を、ここへ来る前に私は半ば覚悟していた。一方で、扉は今も開いているに違いない、どうか開いていてほしいという淡い期待があった。しかしやはり扉は閉ざされていて、今はもうこれが常に開いていた時代の面影さえ留めていない。鉄扉の前で、私はしばらくぼーっと立ち尽くした。

創立当初の花園小学校の図書室は、東京の小学校の中で広さも蔵書数も最小の図書室だった。小学校関係者の間ではもちろん、教育委員会でも長年問題になっていたらしい。そこで一九七〇年頃、ちょうど小学校の隣の敷地に建設予定だった区立図書館の花園分館を、花小図書室と通路でつないではどうかという案が持ち上がり実現されたという。私が小学生だった頃には、昼休みと放課後には自由にこの通路を使って図書館と行き来することができたのである。

私にとってあの扉は、異次元への入り口だった。もちろん区立図書館なのだから正面の入り口から入ることはできるけれども、あの通路から出入りするのがまるで秘密の抜け穴をくぐるようで私をわくわくさせた。この一枚の扉を隔てて万巻の書物が並ぶ大人の世界が広がっているかと思うと、背伸びをしている気分になったものだ。壁の向こうに控えている書物たちの密やかな息づかいを想像すると、この小さな図書室までがいっそう魅力的でかけがえのない場所であるように感じられた。

それに、私はかつてこの扉の向こう側で、とある不思議な「友達」に出会ったことがあるのだ。あの子を友達と呼んでいいのかどうかわからない。何しろ私たちはほとんど言葉を交わしたこともなく、お互いの名前すら知らないのだから――。今となっては、彼女に出会ったことが本当に現実なのか、それとも夢だったのか、時が経つにつれ曖昧になってゆく。

私はもう一度、その扉の冷たいドアノブにそっと手を触れた。まるで初めから壁の一部であり、閉鎖されていることが当然であるかのように、扉は固く閉ざされていた。

その日は終日、資料やマニュアルを頼りにこの図書室での仕事の仕方を把握することだけに時間を費やした。私の勤務時間は朝の八時から夕方の四時まで。とりあえず何とか初日はつつがなく終わったので、職員室でもう一度挨拶をしてから退勤した。

本館を出ると、外はすっかり春の夕暮れで生暖かい風が吹いていた。私はわざと遠回りをして、この図書室と区立図書館の二階とをかつて結んでいた、空中通路のある裏側へ回ってみた。垣根とフェンス越しに見える図書館花園分館の窓には黄色く温かな光が灯っていたが、今はもう人が通ることはない通路は明がりもなく真っ暗で、そこだけがまるで廃墟のように見えた。


坂を上って帰宅している最中、母からメールの着信があった。

「まふみへ　初日のお仕事、そして久々の花園小学校はどうでしたか？　忙しいと思うけど、週末はぜひうちに寄ってください。お父さんもまふみのことを気にかけています。体を大事にね。　母より」

私は不覚にも道の真ん中で立ち止まりそうになった。地元に帰ってきていながら多忙を口実に実家に顔を見せない私に対して、母もいろいろと言いたいことがあるだろうに、私にどれだけ気を遣ってこのメールを書いたのだろうか、と想像すると胸が痛んだ。どういう風に返事をしたらいいだろうか……と思案しているうちに、アパートの前に着いてしまった。

「あ、まふみちゃん。今お仕事帰りかい？」

リーブル荘の前には、ラップを掛けた青い唐草《からくさ》模様の大皿を両手で抱えている南魚庵さんが立っていた。

「ちょうどこのおかず、大家さんちに持ってくとこだったんだ。せっかくだから、まふみちゃんもご挨拶に行こうよ。工房も見られるぜ」

そこで私は庵主さんに連れられて、大家さん宅の一階へ回った。「ルリユール工房」――そのプレートを私は仰ぎ見るように眺めた。庵主さんは器用に大皿を片腕に持ち替え、コンコンと扉をノックする。「はぁーい、どうぞ」と中から高い声が聞こえた。

「親方ぁ、入るよ」

扉が開くとカランコロンとベルの鳴る音が響く。庵主さんは開いた扉を背中で押さえたまま、先に私に入るよう促してくれた。

中へ入った途端、濃厚な紙の匂いが立ち込めた。書店で感じる上品で清潔な本の香りとは違う。図書館や古本屋の懐かしくほっとするような匂いとも違う。どう言ったらいいか、もっと生々しい、生まれたばかりの紙の匂いだ。

「わあ……すごい……！」

その部屋は、壁にも棚にもずらりと道具や材料が並べられた職人の工房で、その物量と雰囲気に私は圧倒された。

私が真っ先に目を奪われたのは、工房の道具類だった。手回しハンドルの付いた重々しい金属製の装置。木材の作業台の上には、刷毛《はけ》、へら、定規、カッター、糸ノコギリ。そして名前も使い道もわからないが、小さな金属製のリングや木片の数々が、傷だらけの木箱に収められていた。たとえ無雑作に置かれていようとも、使い込まれた道具類の佇まいは美しい。

画材店や文具店でよく見かけるような棚があり、真っ白な紙から色紙、マーブル紙、和紙など様々な紙束が置かれている。正方形の小さな引き出しに小分けされているのは、麻糸や紐に、色とりどりの布のきれ。

もう一つ並んだ棚は革専用らしく、なめらかな飴色の革やボツボツとした灰色の革が、まるで眠りながら息づく動物たちのように収められている。

棚上の天井近く、横向きに置かれた段ボール箱の中には、くるくると筒状に巻かれた千代紙や包装紙やらが詰め込まれ、いつ雪崩《なだ》れを起こしても不思議でないほどにせり出し、色とりどりの模様がひしめき合っていた。

「あら、この方が二〇四号室の新しい人？」

すっかり工房の美しさに見とれていた私は、その高い声にハッとした。部屋の奥からこちらへ歩いてきたのは真っ白な髪をした小柄なおばあさんだった。この人が大家さんで、製本家の綺堂瀧子《きどうたきこ》親方。プリーツ加工のある白いロング・カーディガンを羽織り、アンディ・ウォーホルか何かの極彩色な猫のTシャツを着ている。胸には黄色いパンジーのバッジを付け、ちょっと可愛らしいポシェットを斜め掛けにしているので、ファッションだけ見たら昔の美大生のような雰囲気だ。

「はい、中島まふみと申します。どうぞよろしくお願いいたします」

「まふみちゃんはね、子どもの頃うちの釣り堀に来てくれてた子なんだよ、親方。今は花園小学校の図書室に勤めてる司書さんなんだって」

「まあ、それは素敵な新人さんだわ。こちらこそよろしくね、中島さん」

瀧子親方は茶目っ気のある笑顔を見せた。立派な製本家の先生というから、眉間に深い皺《しわ》の刻まれた厳格な老婦人を想像していたのに、こんなに人懐《ひとなつ》こいおばあちゃんだとは思っていなかった。

「親方、これユズ風味のアジの南蛮漬け。たっぷり載せたミョウガがポイントなんだ。俺の自信作だから食べてみて」

「あら、おいしそ。ぜひ頂くわ、あたしは料理がからきし下手だから」

「瀧子《たっこ》親方は才能をぜんぶ製本に使っちゃってるからだよ。ほらまふみちゃん、あれ見て。あのガラス棚の上に並んでるのぜーんぶ、親方がこれまで受賞した製本の賞なんだぜ」

庵主さんが我が事のごとく誇らしげに指差した先の棚を私は眺めた。そこには私が見たこともないような立派な賞状、盾、金のトロフィーにメダルが所狭しと詰め込まれていた。何が書かれているのかはよく読めないが、日本語のほかに英語、フランス語、ドイツ語なども見えて、彼女が国際的にも高名な製本家であるらしいことが窺い知れた。

「いやだわ、わざわざ見せなくていいわよ。あんなもの、あたしはどっかにしまっちまいたいんだけど、この人が飾っとけと言うから仕方なく出してるの。そんなことより、せっかく司書さんが来てくれたんなら本の話がしたいわ」

そう言われて私の心はじんとなった。あやうく涙まで出そうになった。今まで図書館でずっと働いていたというのに、誰も私を一人前の司書として扱ってはくれず、目上の人から「本の話がしたい」なんて言われたことがなかったのだもの。

「あの……こちらの工房の名前、『ルリユール』というのはどういう意味なのでしょう」

「フランス語で『手仕事の製本』という意味よ。『もう一度〜する』という意味の re-〈ル〉と、『糸で綴《と》じる』という意味の lier〈リール〉を合わせて Relieur〈ルリユール〉。今どきの本のほとんどは機械製本で作られているけれど、あたしたちの工房では針と糸を使った手仕事で、丁寧に上製本を作ったり、古い本の仕立て直しをしているの」

「針と糸……ですか」

本がどうやって作られるかなんて、今まであまり深く考えたこともなかった。あえて言えば、どこかの工場のベルト・コンベアーの上を、ドサッ、ドサッと大量に流れる紙束が、大掛かりな機械の中で勝手に本になるのだろうと想像していた。

そんな地道な手仕事があったなんて。私がこれまで読んできた本は、この世界のどこかの、顔も名前も知らない人の手によって、針と糸で丁寧に縫われてきたのかもしれないのだと、私はその時初めて気づかされた。

「この製本工房にはいろんな人が、思い入れのある本を持ち込んで来るのよ。ほら、このボロボロになるまで使い込まれた英語辞書を見て。背が外れて中身は空中分解寸前でしょ。今度高校へ上がる娘さんのために、自分がずっと使っていた辞書をプレゼントしたいから綺麗に仕立て直してほしい、っていうお父さんからの依頼なの」

その壊れかけてボロボロになった辞書の風貌は、私のあの『ポケット六法』を思わせる雰囲気があったので、生々しさに思わず私は目を逸らしそうになった。と同時に、ここまでボロ雑巾のように酷使されて取り返しのつかないように見える本が修理できるものなのかと、不思議に思わずにはいられなかった。

「へえ……これが、きれいになるものなんでしょうか」

「なりますよ。プレス機で本の歪《ゆが》みを直して、破れたページは薄い紙で補修。折れ曲がったページには全部アイロンを掛け、小口《こぐち》はスパッと断裁、そして新しい表紙を付ければ……見違えるように生まれ変わるわ。さあ司書さん、ここにある本はあたしが何十年もかけて蒐集《しゅうしゅう》した本、そしてこの工房で作った本なの。どうぞ、ご自由に手に取ってちょうだいな」

本棚には革装の上製本が陳列《ちんれつ》されていた。美しく張られた革の表紙や背表紙には、絢爛豪華《けんらんごうか》な金の装飾と文様《もんよう》が箔押しされている。色とりどりのマーブル紙で覆われ角だけが革でくるまれた表紙もあり、小口に金箔が貼られたきらきら輝く本もある。触ると光で手が切れてしまいそうな輝きだ。その中の一冊に『ルリユールことはじめ　綺堂瀧子』という文字が表紙に見えた。

「すごい……。こんな美しい本、初めてです」

「ありがとう、それはあたしが若い頃書いて、自分で製本した本なの。ちょっと金ピカで、今見ると恥ずかしいけどね」

工房の道具の中には、見慣れないものもあった。斜め上を向いた木箱の中に、小さな金属製の判子のようなものがぎっしりと詰め込まれている。いや、どうやら判子ではなさそうだ。

「それは活版印刷の活字よ」

「カッパン？」

「昔の印刷はこうやって、活字を一つひとつ拾って、順番に並べて版を作っていたんです。グーテンベルクの偉大な発明よね」

「えっ、あの活版印刷の機械って、今でもまだあるんですか？」

「これは廃業した印刷所から引き取ってきたの。活字はアルファベットと数字しかないけど、まだまだ現役よ。カードや名刺を刷るのに活躍してるわ」

おや？　と目を疑いたくなるようなものもあった。玩具《おもちゃ》箱のような取っ手のついた木箱の中に、可愛らしいミニチュアの本がたくさん詰まっていて、しかし手に取ってみると、その掌《てのひら》にのるほど小さな本は、ちゃんと中身が読めるようになっていた。

「『そんなにもあなたはレモンを待つてゐた』……あっこれ、高村光太郎の詩集ですよね？こんなに小さいのに、『みだれ髪』も……『雨ニモ負ケズ』も！」

「豆本《まめほん》というのよ。これを眺めていると、小人の国に迷い込んでしまった気分になるでしょ」

もし、この工房にいくらでも居ていいと言われたら、半日、いや丸一日でも飽きることなく過ごせるのではないかと思われた。この世にたった一冊のかけがえのない本と、美しい手仕事で満たされたその空間は、時を忘れさせ、私がふだん何者であるかということを忘れさせた。

その時だった。何かの香りが私の鼻先をかすめた。

（これは……花？）

まるで一輪の花が、書斎の中で開くような香り。その微《かす》かな気配を頼りに腕を伸ばすと、本棚の中の、一冊の本の前でおのずと手が止まった。

――『菫《すみれ》の花の片隅で――ルネ・ヴィヴィアン詩集』――

（ああ、やっぱり花だわ。この香りは、スミレ……）

美しく堅牢な紙の函《はこ》の背には、この詩集の題名が飾り文字で記されている。それは大小の外函と内函が、寸分の狂いもなくぴたりと合わさってできた二重箱だった。蓋を開けた私はハッと息を呑んだ――函の中には、スミレの花に埋もれるようにして一冊の本が眠っていたのである。

（スミレの花？　こんなところに？）

私は目を疑い、その花びらの一つを摘《つ》まもうとした。いや、やはり幻影である。花なんてどこにもない。けれども、本を開いてページをめくるにつれ、再びどこからか花びらが零《こぼ》れてくる。つかもうとしてもつかめない。辺りにはすっかり花の香気が漂《ただよ》い、自分の指先をそっと嗅いでみるとスミレの香りに染まっていた。幻惑に囚われているようで、私は足元がふらつくのを感じた。

「あら、ちょっと紙酔いを起こしているわね。大丈夫？」

瀧子親方が私の手から本を取り、再び函の中へしまってくれたおかげで、酩酊はさっと潮の引くように治まった。

「すみません、もう大丈夫です……。ああ、何と言ったらいいか、とても不思議な本でした。親方は本当に素晴らしい本をお作りになるのですね」

するとと瀧子親方は少し妙な顔をして、南魚庵さんとチラリと目を合わせたあと、

「それはねえ、あたしが作った本じゃないの。作ったのは——孫の由良子《ゆらこ》よ」

と言った。

「お孫さんも製本家なのですか」

「ええ、まあ……。というか、実は今、ここにいるのだけど……」

「えっ？　ど、どこに？」

驚く私を尻目に、瀧子親方はバツの悪そうな顔をしながら工房の奥へトコトコと歩いていった。南魚庵さんはバンダナの下の額をさっとぬぐい、キョロキョロしている私の視線に気づくと軽く肩をすくめた。

「由良子。由良子、聞こえてるでしょ。新しい入居者さんがねえ、あなたの本を褒めてくださってるわ。早くこっちへ出てらっしゃい」

すると、部屋の片隅にある間仕切り壁の扉が静かに開き、おずおずと一人の女性が現れたものだから、私は面食らってしまった。人の気配など微塵《みじん》もなく、あんな狭いところに今まで空気のように隠れていたとは信じがたい。

私と同年代に見えたその女性は、黒く艶《つや》やかな美しい髪の毛をハラリと背中まで垂らし、肌

は不健康なほど青白かった。その瞳の色は冷たく、日本人形を思わせるような無表情であったが、目には怯えが表れているように見えた。白いシャツに着古した灰色のジーンズを履き、革の作業用エプロンをかけていた。足は靴下も履かず裸足《はだし》のままである。飾りっ気のない服装であるが、首元には妙にきつそうに食い込んだ革のチョーカーを嵌め、胸には二本のスミレが絡まる美しいバッジを留めていた。

「あ、どうも……。はじめまして、二〇四号室の中島と申します。見せて頂いたスミレの本、うっとりするような綺麗な本で……」

私がこう言う間、彼女はずっと俯いて目は伏せたままで、こちらと視線を合わせようとせず碌《ろく》に返事もしない。

「ごめんなさいねえ。この子、いい歳をしてどうしようもなく引っ込み思案なのよ。中島さん、あなたおいくつ？　……二十七？　じゃあ、由良子と同い年だわ。この子はね、両親が早くに亡くなったので、あたしが親がわりに育てて製本のことも教えたのよ。今、ここであたしと一緒に働いてるわ」

「素晴らしいですね。おばあ様と一緒の製本工房だなんて素敵です」

「とんでもない、あなたの方がずっとしっかりしてるわよ。……あ、ちょっと、由良子」

彼女は結局何も挨拶らしい言葉を発しないまま、ふいと踵《きびす》を返して逃げるように再び間仕切りの奥へ引っ込んでしまった。

「中島さん、どうかお気を悪くしないでちょうだい」

瀧子親方が声を落として申し訳なさそうに言うので、私は首を横に振った。

「そんな、私こそお仕事中に突然お邪魔してしまって……。また、こちらへ伺っても？」

「もちろん、もちろん大歓迎よ。いつでも工房へ遊びに来てください」

「お料理やお菓子の手土産を持参するとさらに歓迎されるんだぜ、まふみちゃん。親方は自炊が大の苦手だから」

南魚庵さんが冗談を言って私たちは笑い、和やかな雰囲気でルリユール工房を後にした。

工房の扉を閉めて数歩歩いたところで、庵主さんはふーっと大きな溜め息をつき、眉をしかめた深刻そうな顔で私の方を見つめてこう言った。

「あのね、まふみちゃん。こういうことは隠しておいてもいずれわかると思うから、最初に言っとくね。あのお孫さん……由良子ちゃんは、何年も家から出たことがないの」

「えっ？　それって……」

「いわゆる、引きこもり。名門私立に通うほど優秀な子だったのに、小六のときお父さんとお母さんを交通事故で亡くしちゃってさ……。おばあちゃんの親方に引き取られたんだけど、それ以来あんな風に他人と関わろうとしない子になっちゃったんだ。高校を中退して、それからずーっとここに引きこもってる」

つまり、高校を中退してから十年以上、彼女はこの家から一歩も外に出たことがないというのだ。何と言っていいやらわからず、私は返す言葉に詰まってしまった。それならばもしかして昨日、親方は留守のはずなのに二階のカーテンが揺れていたように見えたのは、部屋に籠《こも》っていた由良子さんがカーテンの陰から隠れて私たちを見下ろしていたということなのだろうか。そう考えると思わず背筋に寒気が走り、こうしている今もまたどこかで見られているのではないだろうかと、私は不安に駆られて二階の窓を見上げた。

「あの子は一人前の製本家だから、ただの引きこもりとは違うけど……。でもやっぱり引きこもりなんだよ。あたしが死んだらどうするつもり、って親方はいつも嘆いてる。俺の元気なうちは何があっても由良子ちゃんの面倒見てやるよ、とは言ってるんだけど、俺自身がしがない釣り堀屋の親爺だしねえ……。ま、いきなり重たい話して悪かったね。まふみちゃんも、できる範囲で構わないから力になってやってくれよ。同い年の女性同士の方が、おっさんより全然話しやすいんじゃないかな」

「ええ、わかりました……。なるべくやってみます」

私はそう言って、その日は南魚庵さんと別れた。空を仰ぐと、西の空に薄く上弦の月が掛かっていた。先ほどあの『菫の花の片隅で』という夢のように美しい本に触れた指先を、そっと鼻に近づけてみる。心なしか、まだスミレの残り香が漂っていた。

第二章　咲くやこの花、この菫《すみれ》

南魚庵《なんぎょあん》の釣り堀を取り囲む木立の中には、一本の紫木蓮《しもくれん》の木がある。その花は周囲からほの白く浮かび上がり、しっとりと纏《まと》わりつくような香りを発している。

今年は白木蓮の開花も遅かったが、紫木蓮はさらに遅れて花を咲かせた。桜よりも短く、たった三日間だけ満開の夢のような姿を見せて、あっという間に散ってしまう。

あれは幼い頃のことだったか、かつて満開の木蓮を見上げているまさにその時に、花びらが一斉に落下するのを私は目撃したことがある。内なる啓示を得たかのように花びらたちは一斉にガクから離れ、天から降ってくるぼた雪のように、香り高い花片が降ってきたのだった。ひらひら、ひらひらと……。

「まふみへ　来てくれなくて残念だけど、大事な時期だから仕方がないわね。出願は済みましたか？　入学式は七日だよね。真珠のネックレスが必要なら、お母さんのを貸してあげるから取りに来てください。　母より」

また、母からのメールが届いている。

実を言うと、私はまだ両親にものすごく重要なことを伝えていない。つまり、昨年度を最後に私がもう司法書士試験合格を諦めてしまったということを。今年はそもそも出願すらするつもりはない。

しかし司法書士試験の話題についてはとても曖昧にごまかしてきたから、今年は受けるとも受けないとも明言していないけれども、両親の方では当然私が受験するものと思い込んでいるらしい。筆記試験は七月上旬に行われる。母がメールで「大事な時期」と言っているのはそれを踏まえてのことである。

こんな風に先延ばしにしたところで、何の解決にもならないことはわかっている。いつかは必ず言わなくてはならない。しかし今は、今だけはまだ、どうしてもそれを両親に言うことができないのだ。

「どう、まふみちゃん、釣れてる？」

黒いゴム長靴を履き、バケツを持った南魚庵さんがやって来て私に尋ねる。

「……釣れません」

「んー。うちはキャッチ・アンド・リリースだからさ、釣れてもすぐその場で放してもらうことになるけど、その代わり三匹以上釣れたお客さんには、サバの缶詰をプレゼントしてるんだ。今からエサやりタイムだよ」

そう言って庵主さんは、バケツの中の餌を池に向かって柄杓《ひしゃく》でパラパラと投げ入れた。するとそこへ池じゅうのコイやヘラブナたちが集まってきて、水面近くで口をパクパクとせわしなく動かしている。

「可愛いでしょ、うちの子たち」

その時、ふと顔を上げると、リーブル荘に隣接した大家さん宅の二階の窓から、誰かがこの釣り堀を見下ろしていることに気づいた。長い黒髪に、色白の肌の若い女性……。

(あれは……由良子さん?)

すると向こうも私の視線に気がついたのか、さっとカーテンを閉めて姿を隠してしまった。餌を食べ尽くした魚たちは静まり返り、水面にはただ波紋の余韻だけが微《かす》かに残っていた。

＊

四月七日は小学校の入学式だった。桜爛漫《らんまん》の街には真新しいジャケットやワンピースを着た小さな一年生とその両親がそこかしこに見られた。花園小学校の校門にも、名札の上に赤い花のリボンを付けた可愛らしい新入生とその親御さんたちがぞろぞろ集まってきている。お利口そうにしている子もいれば、大声を上げて走り回ったり、何だか難しいことを言ってぐずっている子もいる。やがてこの子たちが図書室へやって来る、私にとっての小さなお客様……。そう思うと、楽しみではありながらも不安は尽きない。

体育館ではまず始業式が行われた。私はそれに引き続いて行われた入学式を、教職員席の末端に座して見守った。

午前中で式が終わると、私は二階の図書室へと向かった。司書の青いエプロンを身に付け、キュッと紐を結ぶ。およそ六千冊の本が所狭しと並ぶ小さな図書室。ここが私にとっての一人きりの職場。子どもたちが来る日だろうと来ない日だろうと、私はいつもこの部屋にいて蔵書を守らなくてはならない。

やるべきことはいくらでもあった。目下の山場は、三日後に迫った四月十日の図書室ガイダンス。クラスごとにやって来る全新入生に対して、図書室の使い方を解説するというものだ。あの、体育館にいた大勢の子たちが全員ここへやって来る。まだ着任したての私がそもそも一年生のようなものなのに、あとたった三日で人に教えられるようになるだろうか……。私は焦りを覚え、前任者のまとめた業務資料を何度も見返しつつ、図書の貸し出しや返却の手順を説明する練習を一人で繰り返した。


思いがけない「初めてのお客様」は、その日の昼下がりにふいに訪れた。

図書室の曇りガラスの向こうに小さな人影が見えたかと思うと、コンコンとノックの音が聞こえ、半開きになった扉の向こうから男の子二人がそっと顔を覗かせた。

「すみません。ここ……はいっても、いいですか？」

二人は寸分違わぬ顔立ちをしていて双子のようだった。二人ともまん丸な顔につぶらな瞳、少し色素の薄い焦げ茶色の髪の毛がさらさらと揺れている。「やまだ　たくと」「やまだ　はると」という名札の上に赤いリボンの花が付けられているから、新一年生だ。

私は少し迷った。新入生が図書館利用を始めるのは十日のガイダンス以降を想定している。それより前に誰かやって来たらどうするか、手渡されたマニュアルに記載はなかった。小此木先生に電話して尋ねようかとも思ったけれども、開室している以上断る理由は何もないので、私はそのまま二人を受け入れた。

「どうぞ、ここは図書室よ。自由に入って、好きな本を読んでね」

「ほんとう？」

たくとという名札を付けた子は目を輝かせ、もう一人の手を引っ張って入ってきた。その時私は二人の違いにはっきりと気づいた。確かに顔はよく似ているのだが、彼らの表情はまったく違っている。タクトは快活で物怖じしない好奇心旺盛そうな子であるのに、ハルトは内気な様子で目を伏せ、どこか冴えない顔つきをしていた。

「君たち、使い方はわかるかな？　この部屋はね……」

「わあっすごい、本いっぱいある！　ハルト、はやくきて」

私が説明を始めるよりも先に、タクトは引き寄せられるように本棚の前へ駆け寄った。その後をトボトボとした足取りで、ハルトがついてゆく。タクトは絵本の並んだ背の低い本棚の前できらきらと目を輝かせながら、次々と本を手に取っては選んでいる。

「『へんなどうつぶ』……おもしろそう。ねえハルト、これよもうよ」

「……まって。机がまがってる。なおさないと」

ハルトは六角形の閲覧机をじっと見つめたかと思うと、小さな両手を広げてズッ、ズッとそれを微妙に動かし始めた。机が曲がっている？　そんなはずはない。先日から一度も動かしていない閲覧机は、何も直す必要がないほど綺麗に整頓されていたはずだ。

「そんなことしないでいいのよ、ハルトくん」

私が声を掛けると、絵本を手に持ったタクトが大きな瞳でこちらを振り返った。しかしハルトは私の声に少しも反応せず、机の上に覆いかぶさったり、逆に床にしゃがんだりしながら机を丹念に点検している。どうやらそれは、床に敷き詰められた木材の向きと机の一辺がきっちり平行になるよう揃えているらしい、ということに私は気づいた。

「……この机、よし。つぎ、あっちの机」

「もういいから、はやく本よもうよ」

「だめ。まがってたら、気になってよめない」

ハルトは一、二、三歩と汚れ一つない真新しい上履きで歩き回り、全ての机と机の間を等間隔に調整することにもこだわった。彼は測量技師のように片目を閉じて六角形の机の前に立ち、少し離れたところにいるタクトや私に「もっと右」「だめ、いきすぎた」「まだななめ」と細かい指示を出す。彼のこだわりはまるで精密機器か天文器具でも扱うかのようで、どうしてこれでもまだ斜めだというのか、私にはさっぱり理解できなかった。ようやく、

「……ぜんぶ、よし」

の指差し確認が終わって許可が下りたとき、大した働きもしていない割に意味不明な作業のために私は妙にくたびれていた。

「おねえさん、てつだってくれて、どうもありがとうございました」

タクトが私に向かってペコリと礼をする。

「どういたしまして。君たちこそ、机を綺麗にしてくれてありがとう」

寸分の乱れも狂いもない六角形の閲覧机の一つに二人は並んで腰掛け、ワンダ・ガアグの絵本『へんなどうつぶ』を広げて読み始めた。それは毎日山の動物たちのためにおいしいご馳走を用意するボボじいさんの元へ、ある日「へんなどうつぶ」が訪れるという、何とも奇妙で魅惑的な悪夢のような物語だった。

「ぼくが文とおじいさんのセリフをよむから、ハルトはどうつぶのセリフをよむんだよ」

「……どうぶつ」

「ちがうの。これは『へんなどうつぶ』だから、どうつぶなの」

タクトは訂正すると、小学校に上がったばかりの男の子としてはずいぶん上手に、すらすらと明瞭な声でこの絵本を朗読した。

「『おはよう　と、ボボじいさんが　いいました。あんたは、なんちゅうどうぶつだい？』……。さ、ハルトの番だよ。どうつぶ、どうつぶ」

「ボ……、ボ……、」

「そこじゃないったら。ここ、どうつぶのセリフのとこ」

「……文字がにじんでる」

それを聞いた私は思わず（えっ？）と声をあげそうになり、閲覧席の後ろから二人の小さな頭越しに絵本を覗き込んだ。まさか酷い水濡れの跡でもあるのかと気になったからだ。しかし私の心配に反しそのページには染み跡一つなく、印刷も鮮明で何らおかしなところはなかった。

「ぼか、どうつぶ」。元々変てこな台詞なのだけれども。

「ハルト、文字がダンスをはじめちゃったの？」

「うん。大きくなったり小さくなったり、とおくにいっちゃったり、ちかくでクルクルまわったりして、よめない」

　そう言うとハルトは、先ほど閲覧机の測量をした時と同じように、右の目をぎゅっと閉じ、さらに左目の周りを望遠鏡のように丸く手の指で囲いながら、絵本にぐっと顔を近づけたり、逆にうんと遠のいたりを繰り返した。そしてタクトの方はその小さな手を絵本の上いっぱいに広げて、なぜか文字という文字を隠してしまったのだ。すると、

「ぼ……、か……」

　とようやくハルトは、正しいどうつぶの台詞を読み上げ始めた。それに合わせてタクトは文字を覆う掌を少しずつ右へずらしていく。もしかしてこの子は、一文字ずつしか見えないように文字を覆い隠しているのだろうか？

「ぼ、か、ど……、う、つ……、ぶ」

　ぼか、どうつぶ。ただでさえ奇妙なこの台詞は、ハルトがたどたどしく一文字ずつ区切って読むことで、一層奇怪でシュールな文字列と化した。そして、それを傍らで聞いている私までもが、不思議な感覚に襲われてしまったのである。

　絵本から飛び出した「ぼ」の字が長くなって机に寝転び、「か」の字が軽やかな独楽《こま》のようにクルクルと回転する。「ど」は重たい鉄亜鈴《あれい》になり、本も机も突き破って床にめり込み、

「う」は恥ずかしそうにくねくねと体を曲げ、「つ」は瞬《また》く間に自分自身の分身を複製しこの図書室中に無限増殖してゆく。一面のつ、つ、つ、つ、つ……。うわあ、「つ」の大群に押し潰される！

「――タクト、ハルト？　ああ、こんなところにいたの。お母さん探したわよ」

入り口から聞こえてきた声で、私は遠のきそうになっていた意識をハッと取り戻した。図書室の扉の前には、紺のツイードのワンピーススーツを着て、胸元に白い花のコサージュを付けた若いお母さんが立っており、二人を手招きしていた。

「はぁい」

母親の姿を見るとタクトはすぐそちらの方へ駆け寄っていったが、ハルトは『へんなどうぶ』を持ってそれを元あった絵本の棚に戻した。本の背がピシリと綺麗に揃うよう、彼は神経質に何度も微調整し、例の測量士のようなポーズで確認を繰り返した。

「……この本、よし」

と指差し確認をすると、彼はやっと待っている母親たちの方へ向かって足早に歩いていった。双子がいなくなると、図書室は再び、何事もなかったかのような静けさに包まれた。

お昼休みになったので、私は図書室を一旦閉めて別棟の給食室へと向かった。

シャッターが半分降りた窓口から中を覗き込んで「すみません」と呼び掛ける。そこは水蒸気と、様々な食べ物がどろどろに混じり合った匂いに満ちていた。内部には小学校の給食室でおなじみの巨大な寸胴《ずんどう》鍋、巨大な炊飯器、巨大な揚げ釜が見えた。今日は全校生徒が午前中で帰ってしまうが教職員の数十人分は提供されることになっていた。明日からは白い長靴を履いた調理師さんたちがあの鍋で五百人分のカレーを煮込み、スコップのような調理器具で巨大サラダボウルの中身をかき回すことになるに違いない。その光景は調理場というよりほとんど工場である。調理師さんが盛り付けてくれている今日の献立は、豆と桜海老のまぜご飯、アジフライ、なめこ汁、そしてヤクルト。

「すみません、僕の分もお願いできますか」

すぐ近くで声が聞こえ、シダーウッドの爽やかな香りが漂《ただよ》った。見ると、私の隣にはいつの間にか、すらりと背の高い白衣の先生が佇んでいた。歳は三十の後半だろうか。顔立ちは端正な感じで、髪も清潔で綺麗にまとめられていた。白衣の下には、上等で品のいいブルー・グレーのスーツが覗いている。私は会釈をしながら、

(誰だっけ、この先生。白衣ってことは理科の先生……？)

と懸命に相手の名前を思い出そうとした。すると向こうも微笑んで、

「はじめまして、臨床心理士でスクールカウンセラーの榊和士《さかきかずし》と申します。あなたは新任の……そうだ、図書室の中島さんでしたね」

道理で教師たちの中では見た覚えのないはずだと、私は得心がいった。調理師さんが窓口から、二人分のトレイを差し出してくれた。

「さて……。図書室は飲食禁止ですよね。かといって職員室の片隅にある休憩スペースは、落

ち着かないからやめた方がいい。今日は天気もいいですし、よかったら藤棚の下へ行きませんか？」

それは本館の脇にある藤棚で、まだ少しも花は咲き始めていないけれども、下には落ち着いて座れそうな木のベンチがあった。榊先生と私はそこに腰かけて傍らに食事のトレイを置いた。シダーウッドは相変わらず清涼感をもって仄《ほの》かに漂っている。運動場に目をやると、三年生くらいの男の子たちがずいぶんと人数の足りないソフトボールをわいわいやっている。始業式の日だから授業はないはずだが、午後の校庭開放に遊びに来た子たちと見える。

カウンセラーの先生と何を話せばいいんだろう……。私は話題に困って、何とか思いついたことを口に出すしかなかった。

「いただきます……。あ、ナメコ、おいしい」

「この小学校の給食は、栄養士さんの趣味なのか妙にキノコの献立が多いんですよ」

「本当ですか？　キノコ尽くしの日とかあったりします？」

「十月十五日はキノコの日なので、マッシュルームのシチューに、シメジのコロッケ、エノキ雑炊、シイタケ茶――という感じです」

「あ、それって……『ねえ、どれが　いい？』？」

「はい？」

榊先生は箸を持つ手を宙で止めたまま、怪訝《けげん》な顔をして私の方を見つめた。しまった、と思い、私は少し顔が赤くなった。

「違うんです、榊先生に『ねえ、どれが　いい？』ってお尋ねしてるんじゃなくて、そういう題名の絵本があるんです。ジョン・バーニンガムという作家の」

「ほう、絵本ですか」

『ねえ、どれが　いい？』って聞かれるんですが、その選択肢が全部とんでもないものばかりなんです。『へびに　まかれるのと、魚に　のまれるのと、わにに　食べられるのと、さいに　つぶされるのとさ』……とか」

「……それはひどい選択肢だな」

「その中に『どれなら　食べられる？　くもの　シチュー、かたつむりの　おだんご、虫のおかゆ、へびのジュース』っていうのがあって。さっき榊先生があげたメニューが、その言い方にそっくりだと思ったんです」

「僕はそんな大層なメニューを口にした覚えはないんですが。しかしまあ、怖い絵本があるものですね。子どもは泣き出したりしませんか？」

「泣きますよ。私も子どもの頃読んで、このどれもイヤな選択肢の中から選ばなきゃいけない、っていうのが絶望的で泣きましたから。でも忘れられないんです。実際この絵本はベストセラーですし、読み聞かせでも人気の絵本です。子どもたちに読んでやると、『どれもイヤ！』と悲鳴を上げながらみんな真剣に選んでくれますよ」

「へえ……。ちなみにさっきの質問、中島さんとしてはどれだったら食べられるんです？」

「えっ私？　ちょっと待ってください、今それを聞くんですか？　うーん……」

何だか自分が不用意に仕掛けた罠に自分で嵌《は》まってしまったような格好だった。困った私が返答に窮しているのを見ながら、榊先生は上品そうな顔にニヤリと笑いを浮かべている。意外と底意地の悪い人かもしれない、と私は思った。蜘蛛と蛇は論外として、「虫」という一つだけえらく曖昧なくくりは何なのか。虫と言われたってどんな虫かによる。イナゴならマシだけど、私の大嫌いな蜂や××××だったりしたら……。

「こ、ここは無難にカタツムリのお団子にしておきます……」

「そうですか。裏手にあるアジサイに梅雨の季節になったらいくらでもおりますので、たくさん召しあがってください」

(もう……。カウンセラーの先生って、案外意地悪なんですね)

と言いかけたところへ、ソフトボールがポーンポーンとこちらへ飛び跳ねてきた。私はビクッとして固まってしまったが、榊先生はそれを器用にキャッチした。

「さーかきせんせーい」

遠くで男の子たちが大きく手を振りながら叫んでいる。

「ほーらっ」と先生がボールを投げると、それは少しも間違いのない方向へ大きく飛び、何度か地面を弾んで子どもたちのところに戻った。

「ありがとう！　せんせー」

と声を合わせて言う子どもたちに榊先生はにこやかに手を振り、さっと額をぬぐった。

「興味深い本のお話、また聞かせてください。中島さんも、もしカウンセリングが必要そうな子を見かけたら、どうか相談室へ連れてきて頂けませんか」

「ええ、覚えておきます」

＊

どうにかこうにか四月十日のガイダンスを無事に乗り越えたのも束の間、次に私を待ち受けていたのは、翌週から始まる「図書の時間」だった。国語の教科と連動して、一～二年生は週一回、三～四年生は隔週で授業時間に図書室を訪れて本を読むというものである。これは授業の一環なので、全クラスの担任の先生と相談をして毎回の準備をしなくてはならない。

「そんなに気張らないでいいからね、中島さん。基本的には先生方のお手伝いっていうスタンスで構わないですよ。新任の先生とか、何をやっていいかよくわからんって困ってる先生がいたらヘルプしてあげてほしいですね。ただ……これは毎年司書さんに同じように言ってることなんだけど、教育の主体は教師なんですよ。ですから、先生方の求めに応じてお手伝いして頂くのは構わないけど、干渉は困るんです。先生のやり方に意見したり批判する人がいますけど、そういうのは違うんじゃないですかね。教師は教師、司書は司書。お互いに……ね？」

「はあ……」

図書室担当の小此木先生は、決していい加減な人ではなかったけれども、特に熱意のある先生というわけでもなかった。事なかれ主義で、何も問題を起こさず例年通り図書室を運営していくことを、いつも第一に考えているようだった。

授業で図書の時間が始まると、お昼の休み時間や放課後に図書室を訪れ、本を読んだり借りていく子どもの数も日に日に増えてきた。そんなある日のお昼休みのこと、図書室でちょっとした事件が起きた。一年生のやんちゃな男の子と女の子が、うっかり絵本を破ってしまったのである。

「司書さん、どうしよう」

「一ねん三くみ　ほんだりさ」という名札を付けた女の子が、今にも泣き出しそうな顔をしながら駆け寄ってきた。手に持っているのは、絵本『とべない鳥のしょくん!』。そしてもう片方の手には、破れたページが一枚だけ握りしめられていた。飛べないあひるのガァブが、プールの飛び込み台から思い切ってジャンプする場面のページが。

「ショウタくんがいけないの。あたしがよんでたのを、よこどりしようとして、らんぼうにひっぱったせい」

「ボクのせいにするなよ。リサちゃんこそ本をバサバサッて、らんぼうにしてたくせに」

「ちがうの。本をね、こうやってひろげると、とりがとんでるみたいだとおもったの。こうしたらガァブとべるんじゃないかなあっておもって、はねをパタパタやってみたの。そしたらショウタくんが、ひっぱってきたんじゃない」

二人は私の前で言い争いを始め、とうとう女の子の方は顔を真っ赤にして泣き出してしまった。

『とべない鳥のしょくん!』。それは私にとってもこの図書室の本の中で思い出深く、大好きな絵本の一つだった。だから、無残に破られてしまった『とべない鳥』や、バラバラになったガァブの飛び込み台のページを目の当たりにすると、まるで私自身の思い出にまでヒビが入ってしまったかのような痛々しい気分になる。

仕方がないので、私はすぐ内線電話で一年三組の担任の先生、そして小此木先生に連絡をした。二人はすぐ図書室に駆けつけて来てくれた。

「申し訳ございません、私の目が行き届かなくて」

私が即座に謝って頭を下げると、「いやいや」と小此木先生は手をかざして制止した。仏頂面になった小此木先生が腕組みする傍らで、担任の先生は男の子と女の子の二人を並べ、強い調子でお説教を始めた。

「なんでこんなことした？　ねえ、なんでこんなことしたの。本を乱暴に扱ったら破れるってことぐらい、幼稚園さんでもわかるよね。この本、もう壊れちゃったよ？　もうみんなが読みたくても読めなくなっちゃったんだよ。君たちはみんなにすごい迷惑をかけたんだ」

すると、女の子はもちろん、今まで口を尖らせていたやんちゃな男の子まで顔色が真っ青になった。（そこまで言わなくても……）と思った私は、よほど割って入ろうかと悩んだのだが、脇で腕組みしている小此木先生の顔をチラリをうかがうと、自分は教師の教育に口を出すべき立場ではないのだという念が強くなり、思いとどまった。男の子は焦った様子で、

「せんせい、この本、また本やさんでかったらよめるよね？　ぼく、べんしょうするよ。ぼくのおこづかいのなかから、たりないぶんはママにだしてもらって――」

「ダメだ、そういう問題じゃない。壊れてしまったものはもう二度と元に戻らないんだ。二人とも、そのことをこれから先忘れないように、自分のやったことをよく反省しなさい」

そう言われて、ついにショウタまでしゃくりあげて泣き出してしまった。

「あの、小此木先生……。この絵本、本当に再購入するわけにはいかないんですか」

私が小声でそっと尋ねると、先生は腕組みをしたまま苦虫を嚙み潰したような顔で答えた。

「購入予算は限られていますからねぇ……。よほど貴重な資料でない限り、再購入は不可という原則なんです。申し訳ありませんが、この絵本は廃棄です。除籍作業をしておいてください」

ひとしきり担任の先生のお説教が済むと、先生方は私に軽く会釈《えしゃく》してから図書室を立ち去った。閲覧机の前の椅子には、すっかり意気消沈したリサとショウタがうなだれたまま腰かけている。私は二人のところへそっと向かうと、椅子と椅子との間に屈み込んでこう言った。

「心配しないで。どんな本でも修理してくれる魔法のお店を、私知ってるから」

青ざめていた子どもたちの顔色が、パッと明るさを取り戻した。

「まほうのおみせ？　ほんとう？」

「本当よ。この学校の近くにあるおばあちゃんのお店なの」

「あたしもつれてって」「ボクも行きたい」

私は仕事が終わるのは夕方だからと言ったのだが、二人はそれまで学童で遊んで待っているから、どうしても連れていってほしいとしきりにせがむ。そこで、二人にはそれぞれ一旦帰宅して親御さんの許可をもらったうえで校門前に四時十分に待ち合わせをし、私はリサとショウタをルリユール工房へ連れてゆくことになった。

「あら、まふみさん。今日はおチビちゃんたちを連れてどうしたの？」

私は鞄の中から『とべない鳥のしょくん！』の絵本を取り出し、瀧子親方に事情を説明した。

その間リサとショウタは、まるで魔法の国に迷い込んだような顔つきで工房の中を眺め、驚きの声を漏らしている。

「この本を直して頂くことはできますか？　親方」

「としょしつのだいじな絵本なのに、あたしたちが、本のはねをパタパタしてこわしちゃったの。ごめんなさい」

リサが悲しげな顔つきで謝ると、親方は笑いながらこう言った。

「たしかに本は鳥のような姿だし、一枚いちまいのページは翼みたいね。でもこの鳥、年を取ってずいぶんくたびれてるわ。ノドも割れてる」

「ノド？」

「こうやって本を開いたときの、ページとページの境目のことよ。本当はくっついてなきゃいけないんだけど、パックリ割れているでしょう」

「へえ。びょういんの、おいしゃさんみたいだ」

ショウタが言う通り、それはまるで重傷を負った本の患者が、診療室で医師に聴診器を当てられている光景のように見えた。

「さあ、今から本の手術を始めますよ。本を解体しながらみんなで修理しましょ。まふみさんに、あなたたちも手伝ってくれる？」

「うん」「……うん」

と、リサとショウタはうなずいた。

「表紙を開くと、色のついた紙が一ページあるわね？　それ『見返し』といいます。まふみさん、左手で表紙と見返しをしっかり持って、右手で本の中身を引っ張って、二つをゆーっくりはがしてみて」

緊張を強いられる作業だった。かなり強く力を入れないと剥《は》がれそうにないが、乱暴に引っ張れば間違いなく破れてしまう。子どもたちが本を破り、追い打ちをかけるように司書が大破してしまってはもう目も当てられない。少しずつ、慎重に剥がしていく私の手元を、幼い二人は固唾《かたず》を呑んで見守っている。

「いいね、うまくできました。これが本の中身。本というのは、ばらばらな紙が糊と糸のおかげで一つにまとまっているんです。古びたボンドとか糸くずがたくさん付いてるけど、全部取っちゃいましょう。おチビちゃんたち、取ってくれる？

では、本を針と糸で綴《と》じ直します。これが一番肝心なのよ。目打ちを使って、穴を開けて……。この穴を、針と糸でかがっていきます。ここへ針を通して、今度はこっちへ、とあたしが指差しますから、まふみさん、その通りやってみてちょうだいな」

針と糸を使って、布ではなく「紙」の束を縫うというのは、何ともいえない奇妙な感じがする。本の中を、糸は波のように進む。端まで来たら、反対側へ折り返し。

この『とべない鳥のしょくん！』も、誰かが三十年以上前、紙の束に穴を開け、糸でかがってできたもの。それを今、私は古い糸をほどき、新しい糸でかがり直している。始まりの糸と終わりの糸を結んで。昔の乾いた膠《にかわ》をそぎ落とし、真新しい糊で綴じようとしている――。

「はい、表紙を糊ボンドでくっつけました。これで完成です」

「すごいね、司書さん！　とれたガァブがもとどおりになったよ」

「そう、これで元通り……と言いたいところだけど、糊が乾かないうちにいじったら、せっかくの修理が台無しになってしまうのよ。直した本は、こういう金属の重しを載せて一晩寝かせておく。そうすれば、明日からまた読めるようになるの。あなたや、たくさんの子どもたちに読んでもらえるようになる。『とべない鳥』だけど、ちゃんと飛べるようになるのよ」

無事に絵本が直って、リサとショウタは大喜びだった。私はホッとすると同時に、これまでに見たことも想像したこともない本の内側の世界を初めて見て、何とも言えない奇妙な気持ちに支配されていた。まるで、ラジオの中を覗《のぞ》いたり、解剖模型で人体の内部を観察したりしているような体験。本の仕組みについて知識を得た一方で、今まで以上に本が不思議な存在に思えてくるのだった。これまで、何の疑いもなく塊《かたまり》として認識していた「本」の輪郭があやふやになる。頭の中の窓辺に風が吹くと、本のページはパラパラとめくれては外れ、紙切れが宙に舞い上がる。それでも、見えない糸が、本の総体をかろうじて繋《つな》ぎ止めている……。

「おばあちゃん、本をなおしてくれて、ほんとうにありがとう」

「いえいえ。ほとんどあなたたちの手で直ったようなものよ。また修理してほしい本があったら、いつでもここへいらっしゃいな」

＊

予定のない休日の昼間、どこかへ外出するのでない限り、私は釣り堀へ行って南魚庵さんと世間話をするか、ルリユール工房で過ごすようになった。もちろん、親方や由良子さんの仕事の邪魔はできないので、おしゃべりは最小限に留め、工房の片隅の椅子に座らせてもらいつつ製本作業の様子を眺めたり、美しい手製本を手に取って読書に耽るのだった。

私はこの工房の音が好きだった。紙のめくれる音、何かをコツコツ叩く音、キュルキュルとこすれる音。

それに、工房の匂いが好きだった。もったりとした紙の匂いの上に、革と膠《にかわ》の匂いがまとわりつく。少し生々しいけれど厭《いや》な感じはしない。どこかにほのかなスミレの微香を感じる。この凝縮された本の香りは、書店や図書館の香りとは似ているようで似ていない。本が今まさに生まれる瞬間に匂い立つ、羽化したばかりの香りのように思われた。

（今、由良子さんは、何をしているところなのかな？）

工房の一番奥の間仕切りの向こうが気になってくる。いつも由良子さんは人のいる気配を感じさせることなく、静かに製本に没頭しているようだ。

彼女は今どんな本を作っているのだろう？　月の光に満ちた本？　石でできた要塞のように堅牢な本？　紙や布だけで作るとは限らない。彼女は今、七面鳥や孔雀《くじゃく》や雉《きじ》の尾羽根、鵞鳥《がちょう》や家鴨《あひる》の羽毛を、本の表紙にはらはらと貼り付けているところかもしれない。苔《こけ》むす杉の樹皮《じゅひ》を丁寧にカットして、森の香りのする背表紙を仕立てているところかもしれない……。空想の中では、彼女がどんな不思議な本を作っている光景も想像することができた。

「あの、親方……」

ついに好奇心を抑えることができず、私は小声で瀧子親方に話しかけた。

「由良子さんは今、どんな本を作っていらっしゃるのですか？」

「大手拓次《おおてたくじ》の詩集を革で装幀しているわ。拓次は薔薇《ばら》の詩人だから、薔薇の香気が匂い立つような本を依頼人はご希望よ」

「それは一冊作るのにどのくらいかかるものなんでしょう」

「あれは一年待ちだったかしらね」

「一年！」

驚いた私は思わず声が高くなった。一体どういう複雑な工程や手順を踏めばたった一冊の本を作るのに一年がかりになるのか、見当も付かない。せいぜい一～二週間、長くても一か月くらいだろうと予想していた私は、いかにも浅はかな考えで尋ねてしまった自分が恥ずかしくなった。

とそこへ、私たちの会話が聞こえたのかどうか、由良子さんがふいに間仕切りの扉を開けてつかつかとこちらへ歩いてきた。彼女が姿を現すのは珍しいことだったので驚いていると、由良子さんは横を向いて目を逸らしながら私の方へぐっと腕を伸ばし、いきなり手を摑《つか》んだ。初めて彼女に手を握られた私はどきまぎしたが、掌《てのひら》の中に何やら冷たい感触が転がっている。そっと開いてみると、それは紫のスミレの花――いや、本物の花ではない。スミレを象《かたど》ったエナメルの精巧なピンバッジだった。

「あら……綺麗なスミレのバッジ」

「国際スミレ協会のバッジです」

由良子さんが少し震え気味な声で返事をした。彼女の声らしい声をちゃんと聞いたのはこれが初めてだったが、あどけなくたどたどしい少女のような口調だった。

「国際スミレ協会……？　そういうものがあるんですか」

「ええ、私は日本支部の会員です。会合には一度も出たことはありませんが、郵便で定期的に会報を受け取り、郵便で投稿するのです……スミレの研究を。私は長い間、スミレを主題とした本の製本に取り組んできました。会員には、階級に応じて徽章《バッジ》が支給されます。そのバッジはコスミレ、学名〈Viola japonica〉で、かつて最下位の階級を表すのに用いられていましたが、現在は制度改革により廃止された階級です。だから……どうぞ」

彼女はそう言って小さなバッジを私の掌の中に残すと、自分はさっと一歩引き下がった。相変わらず目を伏せ、視線はそらしたままで。

「えっと、これは……？」

「差し上げます」

ちょっと訳がわからなかった。国際スミレ協会などという組織も初耳だが、今では使われなくなった階級バッジをいきなり私にくれる理由がまったく見当たらない。が、何としてでも私にバッジを授けようという彼女の無言の圧力を感じたので、私は素直に受け取っておくことにした。

「はあ……ありがとうございます」

「今ここで、付けて頂けませんか」

その日の私は幸い、白いブラウスの上にベージュのカーディガンを着ていたので、洋服の上にバッジを付けるのには少しも困らなかった。左胸の辺りに留めると、まるでボタンホールに挿し込んだ本物のスミレの花が顔を覗かせているようで、いつになくお洒落をしているような気分である。

「わあ、綺麗」

「スミレのバッジを付けている人を見ると、安心します。とても……良いと思います」

由良子さんがそんなことを訥々《とつとつ》と、生真面目な調子で言うのが少しおかしかったので、私はクスリと笑った。そう言いつつも、相変わらず顔は伏せたままで決して私と目を合わせようとはしない。「ねえ、由良子ったら……」と、瀧子親方が彼女の肩に手をやって私の方を向くよう何度も促したが、由良子さんが顔を上げることはなかった。

「もし、これからもこの工房にお越しになるおつもりでしたら、そのスミレのバッジを身に付けて頂けますか？」

「ええ、もちろんです」

「決してなくしたりしないでください」

「すいませんね、まふみさん。この子のこだわりなのよ」

そう言えば、初めて会った日からいつも瀧子親方は胸に黄色いパンジーのバッジをしていることに気がついた。あれも由良子さんからの贈り物なのだろうか。スミレのバッジに対する彼女のこだわりはいくぶん不可解であったが、中学生の頃クラスメイトと秘密倶楽部《クラブ》を作って暗号を共有していたときのような気分を思い出させた。

こうして間近で由良子さんの俯いた横顔を眺めていると、ふと誰かに似ているように思われ——それどころか、以前どこかで彼女に会ったことがあるような気さえしてきた。

いや、そんなことがあるはずはない。何しろ彼女は、高校中退以来この家から——。

私は自分の考えを自分で打ち消した。もう少し言葉を交わそうと思ったのに、由良子さんは唐突に私との会話を打ち切ってまた間仕切りの奥へ籠《こも》ってしまった。左胸にきらめくスミレの花を、私はそっと指先で撫でつけた。


瀧子親方が折に触れて製本のこと、紙や道具のことなどをわかりやすく話してくれるおかげで、ルリユール工房で聞こえる「音」も、私の耳にはこれまでと違う様子で響くようになった。今まではただ、部屋の中の音を漠然と聞いていただけだった。しかし次第に、それが何の道具や作業によって発せられる音なのか、道具と音の結びつきが見えてくるようになったのである。

これは頁《ページ》をめくっている音。紙束を整えている音。紙を切る音。

ビリビリとやや不穏なのは、古い本を一度解体するために、折丁《おりちょう》を引き剝がしている音。

ギーコギーコいうのは、鋸《のこぎり》で背を目引きしている音。

キュッと金属が締まる感じがしたら、それは圧力機《プレス》を回しているところ。

信じられないほどの静寂に包まれていたら、針と糸でかがり仕事をしているはずだ。

カンカンと小気味よい音が響くのは、金槌《かなづち》で背の丸みを出している証。

紙の擦《す》れる音、布に触れる音、革を撫でる音。

紙と、木と、膠と革による「音」は、次第に「音楽」の響きを形づくった。

ある日には、こんなことさえ起こった。いつものように、由良子さんが間仕切りの向こう側に籠って作業をしていた時のことである。すると、壁の向こうから聞こえてくる音に、

（「数字」がついてる……？）

それはおそらく、由良子さんが指先でぱらぱらと本をめくった音なのだが、その微かな音に「数字」がついて聞こえる。

（二、八、十二、二十四――）

いや、聞こえると言うより「見える」と言うべきか。

（三十、五十八、六十四、百二十六、二百七十二――）

わからない、見えているのか、聞こえているのか。けれども、確かに感じている。ページを

めくる紙擦れの音の一つひとつに、数字が伴っているのを。

そういえば、初めてルリユール工房で、由良子さんの製本した『菫《すみれ》の花の片隅で』を手にした時も、ページを一枚一枚めくっていくだけで、まるで重度のアルコールが紙に染み込んでいたかのように、指先から酔ってしまったことを私は思い出した。

（瀧子親方は、たしかそれを「紙酔い」と言っていた——）

紙の擦れ合う音とともに、この部屋が数字の泡で儚《はかな》く満たされて、十八や七十七や百九十二の泡が浮かんでは消えてゆく。由良子さんがページをめくる音がすっかり聞こえなくなるまでの間、その幻影のもたらす奇妙で心地よい浮遊感に私は身を委ねていた。

＊

陽光と緑が、部屋の外に満ち溢れている。

朝、窓を開けると、二階から南魚庵の釣り堀がよく見える。初夏のやや厳しさを帯びた太陽の光は溜め池の水面に、そして釣り堀を取り囲む新緑の木立の上に降り注いでいる。

庵主さんは朝早くから仕事。黒い長靴を履き網やバケツを片手に池の掃除、薬の散布、そしてヘラブナやコイたちに餌をやる。陽の光が白いテント屋根に反射してまぶしい。庵主さんは奥の倉庫の中から、白と緑の大きなパラソルをいくつか引っ張り出してきて、その一つをテントの脇に設置する。「パラソル　貸し出します（無料）」——。ああ、そういう張り紙が貼られる季節になったのだ。庵主さんが二階の私に気づいて手を振る。私も身を乗り出し大きく手を振る。一陣の風が駆け抜けた。風は木立の葉をざわめかせ、池の水面をなびかせ、緑の余韻を残した。

連休中には、久々に大学時代からの古い友人たちに会った。場所は大学近くのファミレス。元々は皆、司法書士合格を目指す仲間で、卒業後何かと孤独な受験生活を乗り切るため、定期的に集まっていたものだった。しかし仕事で忙しくなり一人は離脱し、一人は結婚していき、と年々メンバーは減り続け、今では私を含め三人だけになってしまった。

爽やかな新緑の季節とは裏腹に、私たちの集まりは女三人がクリームソーダをすすりながらパッとしない近況報告を交わし合い、愚痴をこぼし、弱音を吐き合い、最後はパフェで締めるというのがここのところ定番になっていた。

「私さ、今年でダメだったら、もう諦めようと思うんだよね」

不動産会社に勤めている菜々がこう言い出して、

「え、待って」

と焦り出したのは私学共済勤務の沙樹だった。

「少なくとも三十までは粘ろうねって話だったじゃん。ほら、合格者の四割が三十代でさ、三割が四十代なんでしょう？　子ども二人育てながら合格した人とか……」

「他人がいくら夢を見せてくれても、結局、自分が合格できる器じゃないと何の意味もないんだよね——って、最近切実に思うわけ」

なかなか溶けない氷をストローでつついてソーダの中へ沈めたり浮かべたりしながら、菜々が据《す》わった目で言う。

「いやいや、私はまだ諦められないよ。菜々、よく割り切れるよねえ。往生際が悪いのかな、自分」

「損切りで言ったらまふみの方が潔かったじゃない。びっくりしたよ。まふみってそういうの、最後まで諦めずに頑張りそうなタイプだから」

「そうかな？」

「そうだよ。ねえ、やめちゃった理由って本当は何なの？」

「言ったじゃない。去年、本当にあり得ない大失敗をして――」

「それがわかんないんだよね。凡ミスだったら今年挽回すればいいだけじゃない」

「あり得ない大失敗って何？　マークシートで回答全部ズレちゃったとか？　試験会場まちがえたとか」

「そうじゃないけど……とにかくひどい失敗」

「今ならもう済んだことだし、一人でトラウマ抱えてないで吐き出しちゃいなよ、まふみ」

自分にとっておそらく最も他人に知られたくないことを、菜々と沙樹に正面から突かれた私は、一瞬頭の中がほわっと真っ白になってしまった。これは、あくまで私の胸の中にだけある問題なのだ。その気になれば、他人には知られずに一生隠し通すこともできる。しかし、こうまで心の中を見透かされたかのように切り込まれた私は、気が動転していたせいもあるだろうが、ああもう、いっそ菜々と沙樹には全部喋ってしまえという投げやりな気持ちに身を任せたのだった。

「じゃあ白状するけど――。私、去年落ちたのって厳密に言うと嘘なんだよね。実は去年は受けてないの。もっと正直に言うと、出願してなかったし、さらに正直に言うと……出願するのを忘れた」

「ええー！」

レストラン中の他の客が一斉にこちらを振り向くほどの大声を二人は同時にあげた。

「嘘でしょ」

「本当。新年度でやたらに仕事が忙しくて、家でも使ってたパソコンが壊れたり、上の階で水漏れがあったり、風邪引いたりでバタバタしてるうちに、気づいたら出願期限を二日過ぎてた」

「嘘だって言ってよ。まふみに限ってそんな……」

「もちろん手帳にもカレンダーにも赤ペンで書き込んでた。そんな大事な手続きを忘れるなんて想像もしなかった。締め切りが過ぎてることに気づいた時、もう消えてなくなりたいと思った。今でも思い出すたびにそう思ってる。これが私が受験をやめた理由」

目の前で菜々と沙樹はすっかり固まっていた。グラスの中で一向に溶けない氷の塊よりも固くなっているのではと思われるほどだった。

「マジか……。ごめん、聞いちゃいけないことを聞いちゃった気がする」

「あまりにひどすぎて、親には言ってないんだよね」
「言わないほうがいいと思う。うん、絶対、言わないほうがいい」
「よく今まで一人で耐えられたね、まふみ。パフェ食べる？　私らでおごるから……」

菜々と沙樹にあの話をして以来、私は妙にせいせいした気持ちになっていた。あれだけ情けなくて隠したいと思っていたことを、その場の成り行きとはいえ、親友の前でぶちまけたのだからすっきりしたのは当然かもしれない。

と同時に、私はある種の痛みを感じていた。友人に対する見栄とか恥の話ではない。口に出してみると改めて、自分という人間のどうしようもない駄目さ加減を見せつけられるようで、その意味で私は以前よりも自分のことが好きではなくなった。

リーブル荘の入り口の掲示板には、「ルリユール工房の製本教室」という手書きのチラシが貼られている。主にこのアパートの住民を対象に、製本教室を年に何度か開いているらしい。今度の日曜日の午後に開かれるのは、一度も本を作ったことのない初心者向けに、紙のポートフォリオ（書類や図面を入れるケース）を作るというレッスンだった。

その日ルリユール工房を訪れると、会場に一番乗りしていたのは南魚庵さん。椅子を並べたり人数分の材料や道具を小分けしたりと、せっせと準備の手伝いをしている。
「すっかり工房のスタッフなんですね、庵主さん」

「俺、これもう何回参加してるかなあ。ポートフォリオ、たくさん作って魚拓《ぎょたく》入れにしてるんだ」

「魚拓？」

「うちの釣り堀の子たちが天寿をまっとうすると、処分する前に必ず魚拓を取ってやるんだよ。今まで作ったポートフォリオの中に、ぜんぶ溜《た》まってる。今日もヘラブナを一匹——」

「あ、もしかして魚拓にしました？　おでこに墨ついてますよ」

「え、うそォ！」と言いながらは庵主さんは慌てておでこに唾を付けてゴシゴシやり始めた。

「取れた？」

「取れましたけど……。あと、お魚のバッジが逆さまになってます」

「あ、これはいいの。みなみのうお座だからひっくり返ってんの」

　南魚庵さんはおなじみの波模様のバンダナの上に留められた魚のピンバッジを指さして言った。ぽかんと口を開けてひっくり返った、やけに不格好な魚である。

「由良子ちゃんからもらったやつ。まふみちゃんもそれ、大事にしなよ」

　庵主さんは目線で私の付けているスミレのバッジを示した。

「あ……、はい」と私は少々訳が分からないままに返事をした。

　やがて工房へ集まってきたのは、二〇一号室の老婦人山森さん、ラティカさんというインドの女性で、たぶん一階のインド人シェフの彼女だと庵主さんが言っていた人だ。

「皆さん、ようこそルリユール工房の製本教室へお越しくださいました。さっそく作り始めるぞって、わくわくしてる方もいるかもしれないわね。でもその前に、まずはよく『見る』ことから始めてほしいの。皆さんの机の上に紙があるわね。手に取って、触って、よく見てください」

瀧子親方にそう言われて、山森さんもラティカさんも少し不思議そうな顔をしながら紙をつまんだり、ひらひらさせたりしている。私も白い紙をそっと手に取って眺めた。

紙というのは、その上に書かれた字を読むための土台のようなものだと思っていたから、何も書いていない紙を意識して「見る」という行為は初めてのことだった。

まるで、真っ青な空を見つめているようだ。高校生の頃、昼休みに友達と一緒に校舎の屋上で横になって、雲ひとつない青空を眺めたことを思い出した。何もない青い虚空《こくう》を凝視していると、それが遠い宇宙の彼方の果てであるように感じられ、そうかと思うと、まるで自室の天井を見つめているような気がして、果てはその中に吸い込まれてしまいそうになる。

「先生。これはどちらが表で、どちらが裏なんでしょうか？」

「いいところにお気づきね。紙には『表』と『裏』があります。つるつるしている方が表、ざらざらしている方が裏。見るだけでわかるものも、指先で触って確認できるものもあります。洋紙でも和紙でも、製造過程で紙の表と裏に粗さの違いが生まれるからなの」

「私は目が悪くってねえ……。何度見ても、区別がつきません」

「あまり神経質にならなくっていいのよ。最近は製造技術が進んでいるので、例えばこういうコピー用紙なんかは、表裏の区別がほとんど付かなくなっています。どうしても知りたいときは、紙を何枚かまとめて指でつまんで、空中に垂らしてみて。すると、ほんのわずかにカールしていることがわかるでしょう」

「ほう……」と声が上がった。確かに、垂らすと紙の束はまっすぐではなく微妙な弓なりを描く。これは、製紙された紙が大きなロールに巻き付けられることに由来する物質の癖で、くるくる巻かれたポスターをまっすぐに伸ばしても内側にカールするのと同じ理屈なのだという。

「でも、紙を扱う上で表裏よりもっと大事なのは、紙の『目』です。洋紙というのは繊維を一定方向に流して作りますから、その流れを『目』というの。どうでしょう、どちらに流れているか、わかるかしら？」

私は手元の紙を注意深く観察してみたが、いくら見つめても『目』らしきものは見いだせなかった。そこで、指先で紙を撫でてみる。縦長の用紙を、上から下に。指はなめらかに滑る。しかし、今度は逆に左から右へ指を滑らせてみると、指先に抵抗を感じる。他の紙でも次々に試してみた。目を閉じて指を動かしてみたが、やはり滑りやすい方向と、引っ掛かりを感じる方向がある。

「だったら、この流れが……『目』？」

「そう、それが紙の『目』。紙の目に沿った方向を『順目《じゅんめ》』、垂直な方向を『逆目《さかめ》』と呼びます。製本では紙の目に沿って作業をしましょう。逆目だと紙の抵抗が強く、作業しづらいの」

紙を見る。これまでどれも均質に見えていたものの、違いがわかる。べたっと塗りこめられていた白い荒野の、その地下には水脈の「流れ」があるのが見える。紙の息遣いが聞こえる。

紙にはどれも顔があり、内を向きがちな表情があり、そして後ろ姿があるのが見える。

「紙を『見る』ことを常に忘れないで。それでは今から、道具を使って、製本の基本の動作を学んでいきましょう。紙を折ったり、切ったり、貼ったりする動作です」

そこから先は、様々な道具と素材を用いての実習になった。

少々意外だったのは、製本道具というと何か特殊な専門用具だと思っていたけれども、ほとんどは一般家庭にありふれたものばかりだということだ。ハサミ、定規、カッター、カッターマット、鉛筆、糊、針、クリップ、マスキングテープ。あとは、竹ひご、ヘラ、刷毛《はけ》、目打ち、直角定規などだが、ちょっとした手芸や日曜大工をする人なら持っていてもおかしくない。私が初めて目にした知らない道具は、紙を大量に折る時に嵌めて使う「指輪」、函《はこ》の内側に貼るなど細かい作業に使う「モデラ」、表紙の溝入れに使う「いちょう」、これくらいのものだった。特殊な道具でも装置でもなく、日常生活にあるごく当たり前の道具で本は作られている。

親方の指示に従って、厚紙を採寸して切りパーツを作る。そしてそれをいよいよ糊で貼り合わせる。私は子どもの頃からベタベタする糊が苦手で、工作では糊付けで失敗することも多かったので少し緊張していた。だからベタつかないようにササッと糊付け作業を進めてしまおうと、私が糊をつけた刷毛で厚紙の糊しろをなぞろうとしたとき、

「ちょっと待って」

と、瀧子親方の声が制止した。

「は、はい」

「そんなに慌ててつけちゃダメ。糊ってのはすぐつけなきゃ乾いちまうもんだと皆思ってるけど、空気に触れてちょっと乾燥した時に一番粘度《ねんど》が出るものなの」

「はあ……」

「だからちょっと辛抱して、その、糊が一番くっつきたがってる時ってのを見極めるの。糊が多けりゃくっつきやすいかっていうとかえって不安定になるし、薄すぎたらもちろんダメ。『紙を見る』ってことを言いましたけど、糊だってよく見なくちゃいけないの」

「糊を、見る……」

「ま、紙と違って、糊は見てるそばから乾いちまうのが厄介《やっかい》だけれどね。嗅覚も大事よ。何なら、試しに舐《な》めてみたっていいのよ」

「舐めるんですか？」

皿に入れられた白く半透明の糊の表面を、親方が左手の小指でちょっと掬《すく》って舐めたので私は驚いた。

「大丈夫よ。澱粉質《でんぷんしつ》だから、米を食べてるのと同じ。昔はたっぷり入ってた防腐剤も、今じゃ入ってないし。……ともかく、糊ってもんの性質をよく知ることよね。そのためには、たくさん失敗してください。失敗しないうちは、先に進むことなんかできやしないから」

その日、二時間近く作業をしてようやくポートフォリオが完成した。まだ「本」にはほど遠いけれど、自分の手で初めて作品を完成させたことにはささやかな達成感があった。私はそれを自室に持ち帰ると、瀧子親方に言われた言葉を心の中で何度も思い返していた。

(失敗しないうちは、先に進むことなんかできやしないから)

私はこれまで、たくさんの失敗を繰り返してきた。ここから、私は本当に先へ進むことができるのだろうか？　わからない。過去とどう折り合いを付けていくべきか、私にはわからない。押し入れの段ボール箱の中に封印してある、あのぼろぼろな六法や教科書のことが頭に思い浮かんだ。

もし、人生が本のようなものであったなら。まとまりもなく綻《ほころ》んでしまった私の人生を、針と糸で綴じ直すことができたら——。

「まふみへ　勉強は進んでいますか。体に気を付けて、全力で頑張ってね。応援しています。母」

母からのメールが届いた。そういえば、再来月の上旬は司法書士試験があるのだ。この世の誰かにとっては運命の一日であり、私にとってはもはや何の意味ももたない日。

私はスマートフォンを机の上に伏せると、教室で貰ってきた糊のチューブから米粒ほどの糊を指先に絞り出し、ほんの少しだけ舌先で舐めてみた。何の味もせず、べたついた触感だけが指先に残った。

第三章　瓶詰めのキノコ

雨の降り止まない日々が続いている。

もし大地に目鼻や口というものがあるとしたら、今年の東京の六月は、まるで湿り気を帯びた巨大な舌の上で暮らしているかのような居心地である。街中が湿った音を立て、苔《こけ》と黴《かび》と濡れた鳩の羽根の、すえた匂いに包まれていた。

南魚庵《なんぎょあん》の釣り堀に降り注ぐ雨は、池の水面に無数の小さな円形の水紋を作り出し、ピチャピチャと静かな音を立てている。こんな雨の日でも南魚庵は休業しない。雨が降ろうと風が吹こうと、昔から通い詰めている常連さんがいるからだ。庵主さんは朝からカッパを着て、釣り堀の端にある常連さんの「指定席」が濡れないようパラソルを設置している。

雨の日の小学校の校舎へ入ると、廊下がいつにもましてキュルキュルという音を立てる。今日の三限は、二年二組の図書の時間。クラスの生徒たちがやって来て、今日は各自で読みたい本を読み、来週はその感想文を書くという予定になっている。

このクラスにもずいぶんやんちゃな子たちがおり、最初に図書室へやって来た時はどうしようかと思ったが、今日は拍子抜けするくらい静かだ。皆ひそひそ声で友達と相談しながら、読むための本を選んでいる。どうしていいかわからず困っている子がいると、担任の先生がすかさず相談に乗ってやる。

私が図書室の中を順繰りに回っていると、高学年向きの書架《しょか》の片隅で、上の方の棚をじっと見つめている小さな女の子がいた。名札を見ると「あだち あきな」。少し色の浅黒い子で、短い髪は無理やりにお下げにまとめられている。

「ねえ司書さん、あの本とって」

アキナが指差したのは「植物《しょくぶつ》」の棚の、「藻類《もるい》・キノコ類《るい》」の分類プレートが貼られた場所だった。

「どの本?」

「あの、『キノコのずかん』っていう本」

アキナが背伸びをしても届かない場所にあるその本を、私は取ってやった。

「ありがとう」

「どういたしまして。……でも、この図鑑は高学年のお兄さんお姉さん向けだね。アキナちゃんにはちょっと難しいかもよ」

「いいの。あたし、キノコの本がよみたいもん」

アキナはそう言うと、キノコ図鑑をぎゅっと胸に抱きかかえて閲覧席の方へ行ってしまった。別にただ読むだけなら、何を読んだってその子の自由である。しかしこれは来週感想文を書かなくてはならない授業なのだ。少し心配になった私は、閲覧席の彼女の様子を覗《のぞ》いてみた。キノコ図鑑を机の上に広げたアキナは、白いキノコの細密な画が描かれたページを開いたきり、机に肘をついてぼーっとそれを眺め続けている。あの様子では、ルビ付きとはいえ漢字の多い解説文を理解することもままならず、まして感想文を書くことは難しいだろう。

そう考えた私は、図書室にあるキノコの絵本をあるだけ集めてみた。ベスコフの『もりのこびとたち』、レオ＝レオニの『シオドアとものいうきのこ』、いわむらかずおの『トガリ山のぼうけん　月夜のキノコ』……。

「ねえアキナちゃん。キノコの本だったら、こういうのはどうかな？」

私は絵本を次々とアキナの前で見せてみたが、彼女は首を横に振り、どの本にも興味を示さなかった。

「ううん、いらない。こっちのずかんのほうがいいんだもの」

「でも……」

そう言いかけたところへ、担任の女の先生が私たちのところにやって来た。

「お気遣いありがとうございます、司書さん。でも、この子にはその図鑑を読ませてあげてください」

「はあ……」

「アキナさんには、それが一番なんです。そっとしておいてあげてくれませんか」

先生が小声で耳打ちしたその言葉から、もしかしてこの女の子には何か事情があるのかもしれない、と私は感じた。ちらりと彼女の方を見ると、広げられた図鑑の中では少し青みを帯びた黒色の背景の上に、キノコがほの白くぽうっと浮かび上がっていた。

この学校では下校時刻の十五分前になると、「蛍の光」が一斉に流れ始める。図書室にそれが流れると部屋の空気は一変して、今までゆったりと本を読んでいた子どもたちもまるで「時間」という概念を突然思い出したかのように、いそいそと帰り支度を始める。そういう時の図書室は、昼間の賑《にぎ》わいとは別種の独特な活気が濃縮されていて、私はなかなか嫌いじゃない。

けれどもこんな雨の降る日に、誰もいない図書室に鳴り響く「蛍の光」は空々しくて、妙に物寂しい。私はふと、自分だけがこの小さな図書室の中に取り残され、世界から置き去りにされてしまったような感覚にとらわれることがある。こういう日は気を紛らわすため、六角形の閲覧机を綺麗に並べ揃えたり、書架を点検して回ったり、カウンターの上を潔癖なくらい整理整頓して閉室時刻になるまでやり過ごす。

すると、閉室間際になってふいに一人の女の子が図書室を訪れた。あのアキナだった。

「ねえ、司書さんは、理科しつがこわくない?」

書架の前にいる私に向かって彼女は唐突に尋ねた。

「理科室? 別に、怖くないけど……」

「ほんとう? だってガイコツだとか、こわいクスリのビンだとか、きもちのわるいカエルのかいぼうひょうほんがあるのよ」

「そうね、私もアキナちゃんくらいの頃には怖かったけど、今は大人だから怖くないな」

「ほんとうに？　じゃあ、理科しつにある、マーちゃんのキノコ、とりかえしてきてくれる？」

「マーちゃんって、誰？」

「あたしのおねえちゃん。体のなかにキノコがはえて、しゅじゅつしたんだけど死んじゃったの。そのときのキノコが、ビンのなかにいれてあるの」

　ぞわっと総身に鳥肌が立つのを私は感じたが、女の子は顔色一つ変えず事も無げに言う。私は腰を屈めて同じ目線の高さになり、彼女の掌《てのひら》にそっと自分の手を添えながら尋ねた。

「聞いてもいい？　どうしてあなたのお姉ちゃんのキノコが、理科室にあるのかしら？」

「マーちゃんほんとうはね、けっこんするはずだったの、男のひとと。そのひとのおみせにマーちゃんのキノコのビンがかざってあるんだけど、あたしさみしかったから……おみせからもってきちゃったの、ないしょで」

「ええっ、持ってきちゃった？」

　思わず変な声が出た。体内にキノコが生える病気といい、そのキノコが瓶詰めにされて元婚約者の店に飾られていることといい、全く奇妙な話だ。おそらくアキナが突飛な空想をしているか、大人の作り話を真に受けてしまったに違いない。だがいずれにしても、もしアキナがお店から瓶を持ち出したのが本当なら、それはなかなかまずいことになるような気がする。

「ねえ、アキナちゃん、お店のものを勝手に持ってくるのはいけないことよね？」

「うん……」

と、アキナはしょげたように弱々しくうなずいた。

「あたしもね、やっぱりいけないなっておもったから、おみせにかえそうとおもって、きょうおうちからもってきたの。このふくろの中にかくしておいたのよ。なのにさっき男の子たちにみつかって、『いーけないいんだ、いけないいんだ。アキナが理科しつからビンをぬすんだ』ってさわがれて、理科しつへもってかれちゃったの。ちがうっていってるのに。あたしが理科しつをこわいのをしってて……」

「それは困ったね。担任の先生には相談した？」

すると彼女は血相を変えて、

「だめ！　先生にいうと『つげぐちした』って、よけいにいじめられちゃう。だからあたしいつも、相談しつの先生にしかおはなししないの」

「榊先生？」

「うん。だからはじめ相談しつにいったけど、先生はおるす。それで、司書さんならやさしそうだし、ときどき藤だなのしたで先生といっしょにおひるをたべてるでしょ。先生と司書さんは、こいびとなの？」

「ち、違うわよ」

この学校の生徒たちからはそんな目で見られていたのか。二年生ですらこんなことを言い出すのに、まして高学年女子の間ではどんな風に言われているやら……。考えただけで顔から火が出そうになった。もう、どうにでもなれとヤケを起こしたい気分だ。

「ともかく、理科室にあるお姉ちゃんのキノコを取り戻せばいいのね。今から一緒に行ってあげる」

「ううん、こわいから、あたしはいや。ここでまってる」

アキナは閲覧席の椅子を引くと、その上に体育座りのような姿勢で腰掛け、ぎゅっと自分の両膝を抱きしめた。

「みどりのフタのビンなの。おみせのラベルがはってあるから、すぐわかるとおもう」

彼女がそう言い終わったかと思うと、スピーカーから流れていた「蛍の光」はふっつりと鳴り止んだ。静寂に包まれた図書室には、窓の外の雨音だけが響いていた。


私は図書室を出て一階へ降りた。少し廊下を歩いたところに、本館と理科室のある北館とを結ぶ細い渡り廊下がある。といってもただトタン屋根がついているだけの通路なので、今日のような雨の日にはコンクリートの床は湿り、ところどころ水たまりのようなものさえある。

北館もまた、私の在学中から使われていた古い校舎だった。建物の中はじめじめとして薄暗く、今にも切れてしまいそうな青白い蛍光灯がジージーと音を立てながら点滅していた。抜き足差し足で歩いているはずなのに、ペチャ、ペチャという自分の足音が不快なくらい建物中にこだましている。

薄い水色のペンキで塗られた「理科室」の扉。周囲を振り返り誰もいないことを確認してから、その扉を開けて中へ入った。

理科室はアルコールの匂いと、ひんやりしたしめやかな空気に包まれていた。バーナー用のガス栓と洗浄台のついた実験用机の、よく磨きこまれた黒い天板がてらてらと光を反射している。洗い場の上の棚には、ビーカー、フラスコ、シャーレなどのガラス製の実験器具が整然と並ぶ。そして、部屋の奥には木製の古びた標本棚がある。

(もう大人だから理科室は怖くない、なんて言ったのは間違いだったかも……)

と私は少し後悔していた。

ごくりと咽喉《のど》の奥で生唾《なまつば》を飲み込むと、その標本棚に近づいていった。傍らには人体の骨格モデルが立っている。ところどころ埃と黴で曇ったガラス越しに、標本棚の中を覗き込む。ウニの殻、虫ピンで留められた蝶の標本、カブトムシ、枯れたヤドリギ、真綿でくるまれた雲母《うんも》、キジの剝製《はくせい》、水牛の頭蓋骨、真っ黄色に変色したホルマリン漬けのカエルの内臓……。そして、透明な溶液に浸かったキノコの瓶。

(あ、あれだ……!)

確かにあの子の言った通り、瓶の蓋は緑色で、小ぎれいなラベルが貼られている。瓶全体が真新しく、周りの古ぼけた理科標本の中で明らかに浮いた存在に見えた。私はせり上がってくるような動悸を抑えつつ、標本棚の取っ手を静かに引いた。それは微《かす》かに嫌な軋《きし》み音を発しながら開く。震える手でキノコの瓶を手に取った。

白いキノコは透明の溶液の中で、今もまだ呼吸をしているかのように、ゆらゆらと揺らめいている。ふと、もしこれが本当に人間の体の中に生えていたキノコで、人の命を奪ったキノコだとしたら……と、頭の中にとりとめもなく気味の悪い妄想がよぎった。

その時、後ろからふいに誰かが服の裾をつかんだので、私は全身に鳥肌が立つほどの恐怖を感じ、叫び声をあげて振り返った。そこにいたのは、青い顔をした女の子だった。

「――アキナちゃん」

「びっくりさせてごめんね、司書さん。やっぱり、ひとりだとこわかったから、きちゃった」

彼女は私の体にぎゅっとしがみつき、標本棚から顔をそむけて目をつぶっている。遅れて湧き出てきた冷や汗が額ににじむのを感じながら、私はふぅ……と溜め息をつき、そっとキノコの瓶を手渡した。

「じゃあ……お店に返しにいこっか、これ」

まさか今日がこんな大変な一日になるなんて、朝目覚めたときには思いもしなかった。キノコの瓶の件を先生にもお母さんにも知られたくないアキナが、学校帰りにお店へ返しにいくのに付き添うことになったのは行きがかり上仕方がないとして、それがどこの何という店なのか突き止めるのにずいぶん骨が折れた。

「とおかまちの、トーカかんなの」

十日町の十日間？　最初は何を言っているのかわからなかったが、瓶に貼られた店のラベルをよく見ると本当に「トーカ館」と書かれており、その名前で検索したら古本カフェの情報が出てきた。

仕事が終わって図書室を閉めた私は、アキナと一緒にその古本カフェへと向かった。

区民スポーツセンター行きのコミュニティ・バスに乗り、十日町の停車場で降りる。道なりにしばらく歩いていくと、二階建てのビルに行き当たった。上階の小さな建築事務所はもう灯りを消していて、「古本カフェ　トーカ館」という看板のかかった半地下の一階だけが、足元から黄色く柔らかな光を輝かせていた。「ここね？」と聞くと、アキナは「うん」とうなずいた。二人で煉瓦造りの階段を降り、玄関のガラス扉を開けて店内へ入る。

それは狭く小さな店だけれども、一階と半地下が吹き抜けになっていて天井だけは高かった。その天井に達するまで書架が設置され、全部合わせたら何千冊にもなりそうな書物が堆《うずた》かく積み上げられている。上の方の棚に手を伸ばそうと思ったら、備え付けの梯子《はしご》を使わねばならない。まるで本の塔のような空間で、私は天井を見上げて少し頭がくらくらしたほどだった。

カウンターでは、黒い帽子をかぶった背の高い若者がキュッキュッと音を立ててグラスを磨いており、その後ろでは男性が厨房仕事をしていた。きっと、あの人が件《くだん》の店長さんであるに違いない。ロイドの丸眼鏡を掛けた人で、年は三十歳くらいに見受けられた。テーブル席にはお客がすでに二人いて、カップを片手に黙々と読書をしている。

「いらっしゃいませ。あれっ、アキナちゃん？」

「こんにちは、てんちょうさん」

「今日は一体どうしたの？」

「えっとね、あたしね……ごめんなさい」

そう言ってアキナは持ってきたキノコの瓶をまっすぐに差し出し、申し訳なさそうに顔を伏せた。男性は突然のことで呆気《あっけ》に取られている。

「ああ、これ……なくなったと思ったら、アキナちゃんが持ってたの？　いやあ……。あの、そちらは担任の先生で？」

「いえ私、司書なんです。学校の図書室の」


その店長さんは村上と名乗った。勧められるままカウンター席に腰掛け、私はアキナの付き添いでここへ来るに至ったいきさつを話した。

「それは本当に、わざわざありがとうございます。珈琲《コーヒー》にケーキでもいかがですか。ささやかですが店のおごりです」

カウンターの上に置かれている珈琲サイフォンを稼働させ始めたのは、黒い帽子の若者の方である。二十歳くらいでアルバイトの店員という風に見えた。フラスコの中で湯がコポコポと沸騰し、ロートの中で珈琲の粉と混ざり合っていく。あたたかな湯気が苦い香りを帯び、琥珀色の雫《しずく》が一粒ひとつぶフラスコへと滴り落ちる様子を、私はぼんやりと眺めていた。

「アキナちゃんにはココアね」

と言いながら、珈琲の合間に若者が手際よくココアを作った。丸っこいマグカップで出してもらうと、アキナは「わあい」と声をあげて喜んだ。

「アキナちゃん、あっちの方にね、面白い絵本がたくさんあるよ。ほら、見せてあげて、鈴木くん」

「わっかりました。はーい、アキナちゃん、どれがいいかな?」

と、若者が今度はアキナの相手をし始めた。気さくなお兄ちゃんという感じで、ずいぶんと懐かれている様子だった。

二人が向こうのほうで楽しげに絵本を読み出したのを見ると、カウンターの向こうの村上さんは小さくため息を漏らした。

「――お察しの通り、キノコの瓶のことはでたらめです。あの子が思い込んでいるだけで、誰もそんな病気にかかっちゃいないし、瓶の中身は野生のキノコなんですよ」

「ああ、やっぱり……」

安堵した私が「それは良かったです」と続けて言おうとした時、

「でも、あの子の叔母で、僕の婚約者だった真美《まみ》さんが事故で亡くなったのは、事実なんです」

と俯いたまま村上さんは言った。

「叔母さん? お姉さんでは?」

「ああ、あの子がそう言ったんですね。本当は叔母ですが、一緒に仲良く暮らしていて、マーちゃんとかおねえちゃんとか呼んでいましてね……。二年前のことです。かわいそうに、よほどショックだったのか、アキナちゃんはその時のことを全く覚えていなくて。その代わり、マーちゃんの体内にキノコが生えたと言い出すようになったんです」

「……」

「誰か大人が口にした他愛のない嘘を真に受けたのかもしれません。あるいは、僕のせいかもしれない。僕がこうやって、三人でキノコ狩りに行った時に採ったキノコを瓶詰めにして、彼女との思い出に飾っているから……。いや、すみません、こんな話を初対面の方に」

村上さんに何と言ってあげたらいいのかわからず、私はやっと曖昧な返事を口の中でつぶやくのがやっとだった。そこへ、厨房で何かの機器かタイマーがピーピーと音を立て、アキナと一緒に絵本を読んでいた青年（店長は鈴木くんと呼んでいた）がすばやい動きで舞い戻り、アキナも気に入った絵本を持って戻ってきたので、重苦しい空気が少しやわらいだような気がした。

「うちの本、自由に読んでってくださいね。あ、もしかして、司書さんだと仕事ですでに見飽きてるみたいな……」

「そんなことないです、本は大好きだし、私こういう空間すごく好きなんです」

そう答えると、鈴木くんはまるで自分が褒められでもしたかのように満面の笑みを見せた。

「ほんとに？　うちは本の交換所でもあるんです」

「交換所？」

「お客さんはどれでも一冊持ち帰ってもいいことになってます。ただし、自分が持ってきた本と引き換えで」

私は改めて塔のように高い書架を仰ぎ見て、そこにずらりと並んでいる本の背表紙を見渡した。お客の自由に任せた本の交換とは、図書館ではちょっと考えられない奇抜な発想だ。

「店長が考えたシステムなんですよ」

「面白い仕組みですね。ただ、見るからに高そうな本だとか、立派な図録もありますよね。そういう本ばかり持ってかれて、適当な要らない本ばかり置いていかれる、なんてことは?」

「まあ、なくはないですけど。初めは皆さん自分の読みたい本を持ち帰るんですが、だんだん逆転してくるんです。つまり、みんなに読んでもらいたい本を、自分の家から持ってくるっていう。だからこの店にある本はどれも『誰かのお気に入り』ってことなんです」

「それは素敵」

「いつの間にか新しい本に入れ替わってたり。本同士にも、いろいろ相性とか人間関係ってのがありまして、俺、こう見えて配置には結構気をつかってるんですよ」

「人間関係って」と私は思わず笑った。

「本当ですよ。仲よかったり、悪かったり、生き別れの兄弟みたいな再会を果たしたり……古本もいろいろです。ねえ、店長?」

「……そうですね」

綺麗に拭き上げたグラスを、村上さんは音も立てずにカウンターの上へ並べてゆく。彼は努めて明るく振る舞おうとしていたが、その目には決して隠すことのできない寂しさが漂っているように見えた。私とそう変わらない年のはずなのに、まるで人生にくたびれたような眼差し。

アキナの「おねえちゃん」――真美さんのことを考えれば、それも仕方のないことなのだろうか。

「あ、いけない、こんな時間。おうちに帰らないとね、アキナちゃん」

「えー、もうちょっと。鈴木にいちゃんと『ねえ、どれがいい?』あそび、もうちょっとするの」

「その本は貸してあげる。アキナちゃんを家まで送っていくから、鈴木くん、悪いけど店番頼めるかな?　中島さんはお近くにお住まいなんですか?」

「いえ、花園町の、製本工房のあるアパートに住んでるんです。ちょっと変わってるでしょう?　大家さんが製本家なので」

と私が言うと、厨房の鈴木くんがバッと身を乗り出してきた。

「えっ本当ですか?　そういう夢のあるアパート、俺も住んでみたいです。いっそここに住まわせてください、って店長にお願いしてるんだけど、断られちゃったんで」

「……君に住みつかれたら困りますよ、鈴木くん」

そうだ、と私は思い出した。このあいだもらったルリユール工房の製本教室のチラシ、たしか鞄の中に入れておいたはず……。鞄の中のプリント類を探ってみると、運よくそのチラシが出てきた。

「これ、今度の日曜日に開かれる製本教室なんです。自分の好きな文庫本を一冊持ち寄って、オリジナルのハードカバーに仕立て直す、っていう内容なんですけど」

「面白そうですね！　文庫本かあ……。もしこのカフェの文庫本を持っていけるとしたら、どれがいいかなあ？」

鈴木くんは、ルリユール工房の製本教室に興味津々の様子だった。それは嬉しいことなのだけれど、本当に関心を持ってほしいと思ったのは店長さんの方だった。あの素敵な工房の雰囲気や瀧子親方の温かい人柄に触れることが、少しは心のなぐさめになってくれればよいと思ったのだが……。

*

「今日の講座では、ルリユール工房流の『窓あき文庫』を作りましょう。皆さん、どんな文庫本を用意してきたかしら？」

製本教室に集まった私たちは、めいめいが持参した文庫本を机の上に出した。二〇一号室の山森さんは、幸田文の『きもの』。何度も読み込まれた形跡があり、紙の表紙はすっかり黒ずんでくたくたになっていた。インド人の二人が持ってきたのは村上春樹の『ノルウェイの森』上巻と下巻。世界中で村上春樹は人気だと聞くが、ラティカさんもハルキのファンだという。私は小川洋子の『密やかな結晶』、そして南魚庵さんは夢枕獏の『本日釣り日和』――いかにも庵主さんらしい。

結局、古本カフェの村上さんや鈴木くんの姿はなかった。ちょっとがっかりしたが、まあ仕方がないか……と諦める。

『窓あき文庫』というのはね、簡単に言うと、古い文庫本を綺麗な紙や布でハードカバーに仕立て直すんです。そのとき『窓』という穴をくり抜いて、古い表紙の一部が見えるようにする、というのがポイントなの」

瀧子親方は片手に持った文庫本を高く掲げた。その表紙は野苺《のいちご》と唐草《からくさ》模様の可憐な文様《もんよう》紙で彩られていて、皆の口から「うわあ！」「きれい！」という声が漏れた。

「デザインの統一された文庫は、たしかに整然とした美しさがあります。制服がビシッと揃っているとかっこよく見えるわよね。でも、文庫本にだって個性的な服を着せてあげたくなることもあるわ。たくさんの紙や布の中からどれにしよう……って一番似合う服を選んで、厚紙と一緒に表紙をくるむの。すると、本はまるで別人のように甦るわ」

工房の本棚にある「窓あき文庫」が、何冊も見本として回ってきた。

ソロー『森の生活』には、静寂な湖畔《こはん》のような水色の布。江戸川乱歩『パノラマ島奇譚《きたん》』には、黄金の虫が金泥《きんでい》の中で溺れて息もできないほど煌《きら》びやかな紙。永井荷風の訳詩『珊瑚《さんご》集』を覆っているのは、紫と藍色の織りなす夢幻《ゆめまぼろし》のようなマーブル紙だった。その美しさに、私たちは次々と溜め息を漏らした。

あのウィリアム・モリスの壁紙を、日本の古典に使っているのも意外な感じがして面白い。「苺泥棒」が文庫版『枕草子』の表紙になり、「マリーゴールド」は『万葉集』に、「柳の枝《ウィローボウ》」は『徒然草』に、そして「トレリス」が『和泉式部日記』になるなんて。格子状の生垣に薔薇《ばら》の蔓《つる》が絡まり、青い小鳥たちが留まっている「トレリス」では、その格子の形に沿って中央部分の紙が切り取られている。するとその下に見えるのは、元々の表紙の「和泉式部日記」の文字。蔦の絡まる英国式垣根の向こうに、平安歌人の日記が垣間見えるとは、なんと愉しい趣向なのだろう。

「こんな風にね、文庫本の表紙には決まって四角形や楕円《だえん》形で囲まれたタイトルがあるでしょ。新しい布や紙ですっかり覆ってしまうんじゃなくて、ちょうどこの部分だけぴったり同じ大きさの穴をくり抜いておくの。それが『窓』。こうすれば、窓を通して元々の表紙のタイトルが見えるでしょ」

「新しくピカピカな窓から、古く懐かしい部屋の中を覗いているような感じ……」

人はしばしば、美しく変身することを夢見るが、かといって全くの別人に変身することは恐れためらう。書物とても同じことだ。本の持ち主もまた、元の本の面影が跡形《あとかた》もなく消え失せることには躊躇《ちゅうちょ》する。それがいかにぼろぼろで薄汚い本であったとしても。「窓」の存在は持ち主にとって、本が姿形を変える前と後との記憶をつなぐ、大事な架け橋であるのかもしれない。

とそこへ、カランコロンと工房の入り口のベルが鳴った。

「遅くなりまして、申し訳ございません」

古本カフェの店長村上さんと鈴木くんだった。

「いらっしゃい、お電話くださった方ですね。お二人とも文庫本はお持ちよね？　ちょうどよかった、今から表紙に使う紙や布を選んでもらおうとしてたとこなの」

鈴木くんはまるで大型犬が駆け寄ってくるような顔で作業机へやってきた。その隣に、村上さんが落ち着いた様子で腰掛ける。

「来てくださったんですね。お店の方、大丈夫なんですか？」

と小声で尋ねると、

「仕入れの都合もあってちょうど臨時休業になったんです。せっかくだから行きましょうって、俺が店長を引っ張ってきたんですよ。いやあ、すっごい工房ですね、ここ」

興奮気味の声で答えたのは鈴木くんで、村上さんは相変わらず物静かにうなずくばかりだった。

机の上に広げられたのは、ルリユール工房にストックされている様々な紙や布。色とりどりの美しいマーブル紙に、富山から取り寄せられた越中《えっちゅう》和紙。型染めの技法で、沖縄の紅型《びんがた》やジャワのバティックのように、鮮やかな黄色、橙《だいだい》、紅殻《べんがら》、藍色に染め抜かれたその和紙はたいへん美しく、穴の開くほど眺めていたくなる。

「それでは皆さん、この紙や布の中から、使いたいものを一枚だけ選んでちょうだい。ただ『きれい』とか『好き』だけじゃなくて、本の内容や雰囲気に合うかどうか、よく考えてみて」

そこで参加者たちは表紙選びを始めた。誰もが自分の本に一番ぴったりの素材を見つけるべく、真剣な眼差しで紙束をめくったり、布を本の上に当てて試したりしている。

「さ、まふみさんも、遠慮しないで」

「はい……」

別段私は遠慮していたというわけではない。愛読している『密やかな結晶』を持ってきたはいいが、これをどんな表紙で新しく装うべきなのか、どうも見当がつかないのである。それはとある島で、住民たちが「記憶狩り」と共に概念や言葉を少しずつ失ってしまうという内容の小説だった。これにはどんな表紙が似合うのだろう。やっぱり……白？　元々の文庫本に掛かっているカバーは黒を基調としたものなので、私は自分の選択に今一つ自信が持てなかった。白、白、何もない白、空白を満たしてくれる白……。

頭を悩ませながら折り重なった紙を順々に眺めているところへ、ふと白い紙が目に止まった。華やかな色柄の多い紙や布の中に混じりながら、それは一際シンプルで、ある種の静けさを感じる紙だった。

「白い」とは言っても、眩《まばゆ》さを感じるような白ではない。無菌室のような冷たさでもない。柔和で優しい白。空白であることを恐れさせない白。手触りも滑らかで心地よい。そして、紙の中央よりやや斜め上のところに、白よりはわずかに黄味がかった生成《きな》りの楕円形が見えた。その楕円形が、紙全体に一層の穏やかさをもたらしているように感じられた。

（あ、これだ……！）

私はその紙に手を伸ばした。すると、ほとんど同時に村上さんもそこへ手を伸ばしたので、私たち二人の指先は触れ合いそうになった。

「す、すみません……。どうぞ」

「いや、僕の方こそ。中島さん、気に入られたのならどうぞお使いください」

「そんな。なんか申し訳なくって……。ところで村上さんは何の本をお持ちになったんですか？」

「僕は……これを」

村上さんが取り出したのは、ボリス・ヴィアンの『うたかたの日々』。「二十世紀で最も悲痛な恋愛小説」と呼ばれるその小説は、肺の中に睡蓮が成長する奇病にかかった恋人を看取る青年の物語である。村上さんがどんな思いでこの本を選んできたかと想像すると、私は胸がぐっと詰まるのを感じた。紙の中にぽうっと広がっている生成りの楕円形は、あの瓶に封じ込められた白いキノコの佇まいを思い出させた。

「やっぱり駄目です、これは村上さんがお使いになってください」

「あらあら、どうしたの？」

私たちの譲り合いの押し問答を聞いて瀧子親方がやって来た。親方は二人の文庫本を見比べると、

「これはコクーンという、蚕《かいこ》の繭《まゆ》をイメージした紙なの。どちらの本にもよく合うと思うわ。一枚しかないわけじゃないんだから、二人とも使ったら？」

「でも……せっかく文庫本を自分だけのハードカバーに仕立てるのに、誰かと同じになってしまうなんて。私は構わないんですけど、村上さんは……」

「まあ、ちょっと抵抗があるのはわかりますけどね。だけど、そういう偶然ってあるものなのよ。これは美しい偶然だわ。そうじゃない？　だからお二人ともあまり気にせずに、コクーン

を使ったらいいとあたしは思うわ」

そこで私も村上さんも、親方の提案に従うことにした。

実際に「窓あき文庫」を作る作業は、まずは正確に本の寸法を測り、それを元に厚紙で土台のパーツを作り、窓をくり抜き、新しい表紙になる布や紙に貼り合わせて……と、なかなか骨の折れる工程の連続だった。少々おっちょこちょいの気《け》がある鈴木くんは、厚紙を布に貼るとき裏表逆に貼り付けてしまい（何をどうしたら布の表面に貼ると勘違いしたのだろう？）、ほとんど涙目になりながら南魚庵さんの助けを借りていた。二時間近く格闘して、私たちはようやく「窓あき文庫」を完成させることができた。

「はぁーっ、一時はどうなることかと思ったけど、皆さんのおかげで俺だけの『四畳半神話大系』が完成しました！　ほんと、ありがとうございます」

「嬉しいのはわかるけど、糊がまだ定着してないから今開くのはやめてね、鈴木くん。できた本は明日までプレスする必要があるわ。リーブル荘にお住まいの方は、工房のプレス機で一晩預かります。トーカ館のお二人は……こうやって厚紙で保護して輪ゴムを掛けとくわ。持ち帰ったら、何か重いものを載せて一晩寝かせてくださいな」

子どもの頃、図工の時間で完成させた粘土の作品を、焼き上げる作業は先生に託して図工室へ置いていった時のような気持ちを思い出す。私は自分の文庫本を、少しわくわくするような思いで親方に託した。

「あの……。中島さん」

帰り際に村上さんが、私に声をかけた。

「この製本教室のことを紹介してくださって、本当にありがとうございました。実は参加するのをかなりためらっていたんですが、鈴木くんに引っ張られて……。でも、来てよかったと思ってます」

「そう言って頂けると嬉しいです」

「本というのは記憶を伝え、思い出のまとわりついている存在だとばかり思っていましたが、ひょっとして製本には、思い出を封じ込める力もあるのかもしれませんね……」

村上さんはそう言いながら、白い繭玉のような紙で装幀された『うたかたの日々』をそっと手で撫でた。

「またこちらの工房へお邪魔させて頂きます。中島さんも、気が向いたらどうぞうちの店へ遊びに来てください。お待ちしています」

*

「まふみさん。あたし、ちょっと買い物に行きたいんだけど、一時間ほどうちの留守番をお願いしてもいいかしら」

「いいですよ」

「いつも悪いわねえ。由良子に留守番させると家じゅう閉め切っちゃって、あの子宅配便すら受け取らないもんだから」

休日のちょっとした時間に、瀧子親方からこうしたお願いをされるのは決して珍しいことではなくなっていた。これまではおそらく南魚庵さんが面倒を見ていたのだろうし、今でも平日の昼間には何かと綺堂家の用事を助けているに違いない。私は工房の間仕切りの奥で作業をしている由良子さんに声を掛けてから、お茶でも煎れようかと思い二階へ上がった。

彼女らの生活の場はこの二階にあった。台所兼食堂、親方の部屋、由良子さんの私室、洗面所にお手洗いに浴室、それに納戸というごくありふれた間取りである。

由良子さんはどう思っているのか知らないが、親方は自宅に他人が立ち入ることに何の抵抗もないらしく、どこそこの部屋の何を取ってきてほしい、というお願いを割と平気でする人だ。おかげで詮索するつもりもないのに、この家の様子はたいがい把握してしまった。親方の部屋にはあれこれと物が溢れているのに、由良子さんの部屋には対照的に必要最小限の家財道具しかない。あまりにさっぱりしすぎて殺風景なくらいだ。

台所に入ると、シンクにアサリの入った大ぶりなボウルが置かれていた。料理下手の瀧子親方が砂抜きなどという面倒なことをするはずもないから、たぶん南魚庵さんの仕込みだろう。

(夜ごはん、何つくるんだろ。やっぱりアサリの酒蒸しかなあ。それともバター炒め?)

貝たちがゴソゴソと動くのをつい面白がって眺めていたら、ピューッとアサリが塩水を吐き出して目の中へ入ってしまった。

(痛っ!)

慌てて水道の水で何度も目を洗い流したが、どうもヒリヒリする。右目を押さえつつ洗面所へ向かい、真っ赤になってやしないかと鏡を見ようとしたが――鏡がない。元々は造り付けで壁に鏡が嵌《は》め込まれていたようだが、後から取り外したらしい形跡が残っていた。探してみたが、お風呂場にもトイレにも鏡がなかった。

（もしかしてこの家……鏡がない？）

そう気づいて恐るおそる由良子さんの部屋も覗いてみたところ、やはりなかった。普通、女性の部屋には大きめの鏡くらいありそうなものだが、入り口からチラリと見た限りでは、細長い姿見も、壁かけの鏡も見当たらなかった。

（鏡が嫌いなのかな？）

不思議に思いながら最後に瀧子親方の部屋を見ると、背の低い姿見があったので、おずおずと部屋に入った私は上半身を屈めながら、ようやく右目の様子を鏡で確認することができた。多少赤みを帯びてはいたが、思ったほど真っ赤というわけでもなかった。

そこへ階下から、カランコロンと工房のベルの鳴る音が聞こえた。来客だ。私は慌てて一階へ降りていった。

それは、二十歳くらいの色白の青年だった。雰囲気からして大学生だろうかと思われる。

「いらっしゃいませ。私は留守番の者なんですが、どんなご用でしょう？」

「あの……。こちらで、製本していただきたいんですけど。この原稿を……」

と、青年は鞄の中からごそごそと封筒を取り出した。その封筒の中には十数枚の紙が入っていたが、それらはみな白紙だった。おや？　と思ってパラパラと最後までめくってみるが、文字が印刷されている紙は一枚も見当たらない。

「ええと、これは？」

「小説なんです、僕の。ただ、本にしてもらうにはちょっと問題があって、まだ、この作品は完成していなくて」

「……そのようですね」

　努めて平静を装ってはいるものの、全編白紙の「小説」などというものを初めて目にして、私はひどく困惑していた。

　これは一体何？　ジョークなのか、それとも本気なのか。冗談にしても笑えないし、もしこれを見て私がどう反応するか試しているのだとしたら、余計タチが悪い。もしかして『裸の王様』の童話のように、「心のきれいな人にしか読めない小説です」とでも言うつもりなのだろうか。あるいは、ピアニストがピアノの前で何も弾かずに四分三十三秒間の無音が続く、ジョン・ケージ作曲「四分三十三秒」に倣った前衛小説？

「次の章ができたら、またこちらへ持ってきます」

「次の章？」

　彼の言う未完成とは、どうやら全ページが白紙であるということではなく、なんとこの続きの章があるというのだ。ひょっとして、その次の章というのも白い紙束なのだろうか。しかし、迂闊《うかつ》に失礼なことを尋ねるわけにもいかず、私は慎重に言葉を選んで質問した。

「この作品は、だいたい全体でどのくらいの分量になるご予定なのでしょうか？」

「それはわかりません。僕自身にも、見当がつかないんです」

「そうですか……。でしたら、せっかくいらして頂いたところ申し訳ないのですが、こちらはいったんお持ち帰り頂き、全ての原稿が揃ってから、もう一度お越し頂くのがよろしいかと思うのですが」

「でも、前に応対してくれた人――バンダナをかぶった髭の男性なんですが、その人は一章分ずつ受け取ってくれましたよ？」

「以前にもお越しになったことが？」

「はい。十五歳の頃から、定期的に。僕はその時から小説を書き始めて、一章分書きあがるたびに、こちらへ持ってくるんです。あのスミレの本を作った由良子先生に製本をお願いしています」

青年が二十歳そこそこだとすると、彼はもう五、六年にもわたって、白紙の「小説」を一章分ずつこの工房へ持ち込んでいるというのだ。一体、何のために？

「申し訳ございません、何も存じませんで」

「いいんです。では、次はいつになるかわかりませんが……また」

その一章分の「小説」の原稿を託して、青年はルリユール工房を後にした。

しばし茫然としたあと、私は大きく息を吸って、間仕切りの奥で隠れるように作業をしている由良子さんに声を掛けた。

「由良子さん、由良子さん。今の話は全部、聞こえてましたよね？　あの人が五年も前から小説を持ち込んでいるというのは、本当なんですか？」

「ええ。今までの分はすべて、この部屋の作業棚の中に保管されています。全十一章、本日新たに加わったのを含めて十二章」

「それは、何かしら書かれた原稿なんですか。それとも、白紙？」

「白紙です」

十二章といったら、普通に一冊の本に相当するだろう。その全てが白紙……。想像しただけで異様な書物である。この工房でしばしば目にする、文字がびっしりと詰められた渾身の製本原稿は重々しい圧迫感があるが、どのページも白紙というのはかえって空恐ろしい。いま私の手元にある、白紙の「第十二章」をもう一度めくってみると、見ているこちらまでそこはかとない不安に襲われそうになる。

「なぜ彼は、こんなことをしているのでしょう？」

「わかりません」

「最初に注文を受けたとき、何も聞かなかったんですか」

「ええ、別に」

「どうしてです？」

「どうして……？　これといって尋ねる必要がないからです。本の材料さえ整えば、何であれ私は本を作ります。それがどんな思いもよらないものであろうと、いかに愚かしいものであろうと」

「では、もしこれからも、彼が白紙の原稿を持ち込み続けるとして、由良子さんはそれをずっと受け取るつもりなんですか」

「ええ。手狭になるので、できれば早く終わりにしてほしいのですが、私も注文者を何か月も待たせる身ですし、依頼人にもペースがあるでしょうから。然るべき時が来れば、必ず終止符が打たれます。そうすれば私はただちに製本に取り掛かり、理想の本を完成することができるでしょう」


それ以来、何かにつけ、私はあの青年の「小説」のことが気がかりになった。図書室で働いているふとした仕事の合間にも、共同の台所で料理をしているときも、寝床でぼーっとしているときも、頭の中には気がつくと白紙の小説の束が浮かんでくるのだった。

由良子さんの反応はあの通り淡々としたものだったし、このまま一人でモヤモヤした気持を抱え続けるのは、どうももどかしくてならない。そう感じた私は、ある日話のついでに瀧子親方に尋ねてみることにした。

「ああ、あの男の子」

と、親方はすぐに青年のことがわかった。

「由良子のところには、どういうわけか、本当に変わったお客さんの注文ばかり来るのよね。まあ、あの子自身が相当な変わり者だから、類は何やらを呼ぶというのかしら」

「どんなに変わった注文でも、本の中身があるならまだわかります。でも、こんなことを言っては失礼かもしれませんが、白紙の小説の製本だなんて」

「たしかに、とても奇妙よね。もし彼の意図を推測するなら、まふみさん、あなたはどんなふうに考える？」

うーん、と頭を捻《ひね》りながら、私はたどたどしく答えた。

「そうですね……。これは私の勝手な想像ですが、彼は小説が書きたいのに書けないんじゃないか、と思います。そして、そのことでとても苦しんでるような気がする」

「ええ、あたしも、彼は決して前衛芸術をもくろんでいるわけじゃないんだろうと思います。書きたい、でも書けない、でも書かなきゃならない……と自分で自分を追い立てた結果、ああいうことになってるのじゃないかと思うわ。

こういう仕事をしていると、誰かの書いた物語を製本しながら、あたしも小説を書いてみたいなぁと思ったことは一度や二度ではありません。『ルリユールことはじめ』という本を書いたあと、出版社からエッセイの依頼がたびたび来るようになって、その中には『小説を書いてみませんか』というものもあったわ。曲がりなりにも、あたしは日本で初めてのルリユール製本家ですからねぇ。女性製本家を主人公にしたお話とか、自伝的なものなら書けそうな気がしたし、いや、我こそが書かなければというプレッシャーすら感じた。でも、結局、書けなかった」

親方がそう言うのを聞いて、私は初めて気づいた。あの青年客のことが気になって仕方がないのは、白紙の小説を書いては誰かに託《たく》し続けるという彼の行動に、ほかならぬ私自身の人生に対するわだかまりや、果たせなかったことへの心残りを重ね合わせていたからなのだ、ということに。

「ちょうどその、小説が書けないで苦心していた若い頃、あたしはとある大正生まれの作家とお付き合いをしていたのよね」

「えっ？」

「あら、あなた、あたしの本を読んでくだすったんでしょう。『ルリユールことはじめ』の最後の章にね、わかる人にだけわかるくらいの書き方だけど、そのことが仄《ほの》めかしてあります」

「す、すみません、そういう機微《きび》に鈍感なもので……。帰ったらもう一度読み直します」

確かにあの本の最後の方には、これまでに綺堂瀧子が装幀や製本を手掛けた、高名な作家や詩人、文人たちとの交友録が記されていた。辻邦生、三木卓、吉原幸子……。思い出せるのはこれくらいだが、もっと多くの人の名前があがっていたはずだ。

今でこそ八十過ぎの老婦人である瀧子親方も、本を出した当時は三十になるかならずやという若さ。相手が大正生まれといったら、どう少なく見積もっても瀧子親方とは二十歳以上の年の差がある。

（そういえば、瀧子親方ってシングルマザーだと南魚庵さんが言ってたような……。えっ、ということは、その子の父親ってもしかして……うわあ）

私は一人で顔を赤らめたが、親方は気恥ずかしげな素振《そぶ》り一つ見せず、話を続けた。

「『どうやって小説を書いたらいいかわかりません』って先生に相談したらね、『少しずつでいいから、僕に見せてご覧なさい』と言うの。『ただし』――

『僕はたいそう規則的で、習慣というものを好む人間だ。毎朝の散歩も、執筆を始める時間も、晩の食事も、きっかり何時からと決まっている。気まぐれとか、リズムの乱れというのは嫌いなんだ。それは君もよくわかっているね？　だから君も、僕に草稿を見せるに当たっては、定期的にしてくれないか。書いたり書かなかったり、ムラがあったり、いつの間にかだらしなく立ち消えになって……というのが一番困るんでね。どんなに未完成で荒削りの文章でもいいから、毎週決まっただけの草稿を、僕に見せてほしい』。

そこであたしは、毎週木曜日に少なくとも草稿十枚を持って、先生のお宅へ伺うことを約束しました。先生はその場で、いろいろ的確な論評と助言をしてくださったわ。

最初のうちは何とかうまくいっていたのだけど、進むにつれて話に綻《ほころ》びや矛盾がぽろぽろ出てきて、毎週十枚書き切ることがだんだん難しくなってきたの。水増しをして、無理やり原稿用紙の升目《ますめ》を埋めたり、滅茶苦茶な文章のまま、仕方なくお見せしてしまったり……。『こんなことを続けて、何か意味があるんでしょうか』と、あたしは半分べそをかきながら訴えたけど、『途中で投げ出すことは許さないよ。最後までやりなさい』と、先生は優しくて怖い顔でおっしゃるの。

それで歯を食いしばって、何とか続けていたのだけど、ある日とうとう、何も書けなくなった。月曜日も書こうとした、火曜日も書こうとしたわ。水曜日もそう、その夜は一睡もしないで書こうとしたわ。でも、何も書けなかった。

翌日、あたしは何も持たずに先生のお宅へ伺いました。当然、お叱りを受けることを覚悟していたわ。ところが、先生はご自分の机の上から真っさらな原稿用紙十枚を取り出すと、黙って、その白紙の原稿をお読みになっているの。一枚読み終わると、ペラリとめくって、次のページへと読み続けるの。『あの……』と声を掛けると、『シッ』と人差し指をご自分の唇へお当てになって、『今読んでいるところだから、静かに』とおっしゃるの。

そうやって先生は最後まで原稿を読み終えると、『はい、全然中身がありませんね。やり直し』とおっしゃる。

『いじわる！　そんなら最初からそうおっしゃればいいのに』『僕に悪態をつきたければ、お好きなように。悔しかったら、次から文字の埋まった原稿用紙を持ってくることだ』

ええ、悔しかったですとも。だからあたし、脇目もふらず自分の家へ帰って、死に物狂いで書きました。あたしも若かったし負けず嫌いですからね、文字通り、原稿用紙を全部埋めてやるんだって意地になり、一文字の隙間もないようにびっちり埋め尽くしたの。

もし、あの意地悪な先生がもう少し長く生きてくれていたら、あたしの小説は完成したかもしれない。先生がお亡くなりになってからというもの、あたしは水曜日の夜になると、書斎の棚から原稿用紙十枚を取り出して、机の上に並べたわ。そして一晩明けて、何も書かれていないその紙を、これまでの原稿を溜めてある書類ケースの中へ入れるの。

あたしの中では、物語はできているんです。けれども、今はどうしてもそれを言葉にする術《すべ》が見つからないし、そうするべき時ではないのかもしれない。

木曜日に白紙の原稿用紙を追加する儀式は、それから一年ほどで終わりました。その原稿は以来手つかずのまま、書類ケースの中に眠っているの。製本家として、あたしは大勢の人たちの書いたものを製本してきたけれど、私自身のあの原稿だけは、まだルリユールしていません。だからあたしが思うに、例の青年の心の中にも、内なる『先生』がいるのではないかしら？どういう理由で、彼の未来の原稿の預かり先として、うちの工房を選んでくれたのかはわからないけれど。今の思い出話の一部始終は、由良子にも語って聞かせたことがあるわ。だから由良子は黙って原稿を受け取り続けているのだし、『然るべき時が来れば必ず終止符が打たれる』と、信じているのだと思うわ」

「では――彼はいつか、文章の書かれた原稿を、由良子さんのところへ持ってくるということなのでしょうか？」

「さあ……。どういう形で終止符が打たれることになるか、それはわからないわね。……ああ、もうこんな時間。今日はもう閉めましょうね」

私は瀧子親方に別れの挨拶を言って、ルリユール工房を出た。振り返ると、一階の部屋の灯りが一つずつ順番に消えてゆき、しばらくしてから二階の窓越しにぽっと灯りがともったのが見えた。私はそれを見届けてから、リーブル荘の玄関ドアを静かに開いた。

第四章　ざわめく活字

七月の小学校の図書室は、夏休みに向けての準備で大忙しになる。読書感想文向きの本、自由研究や夏休みの宿題に役立ちそうな本、それらを一年生から六年生用まで幅広く準備しなくてはならない。先生方からも「こんな本はありませんか？」という問い合わせや新規購入依頼が相次いでいるし、本選びの相談に訪れる子も増えている。中には「読書感想文の書き方を教えてください」だの、「司書さん、僕の代わりに書いて！」なんて頼みに来る子もいる。

夕方になってもまだ厳しい暑さが続いていたある日、仕事を終えた私は、由良子さんから図書館の本を借りてくることを頼まれていたのを思い出した。もちろん、用があるのはこの小学校ではなくて、隣接する区立図書館花園分館の方である。

（もし今もまだあの通路が開放されていたなら……あの扉を開けて、あっという間に区立図書館へ行けるのに）

図書室の奥にある閉鎖された金属の扉を眺めつつ、そんなことをふと考えた。

校門を出て、隣の区立図書館へ。由良子さんから手渡された本のリストを眺めながら二階へと上がった。二階は分類番号の「六〇：産業」「七〇：芸術・美術」「八〇：言語」の書架《しょか》、児童書と絵本のコーナーに、紙芝居や読み聞かせの部屋があるフロア。そして一番奥には、かつて小学校に通じていた鉄の扉がある。

（ここから区立図書館へ入って……。児童書の棚でアガサ・クリスティの探偵小説シリーズを片っ端から読んだなぁ。学校の図書室にはなかったんだもの。私の指定席は窓辺のあそこ。そして、「友達」もいつもあの席に……）

懐かしさに耽っている私の前を、ガラガラと重たいワゴンを押しながら一人の司書が通り過ぎていった。私はハッとして手に握っている本のリストをもう一度眺め、それを探しに並び立つ書架の間へ入った。


「リクエストされていた本、借りてきましたよ、由良子さん」

「すみません。この間仕切りの足元にフラップ式の扉があるのですが、そこから入れて頂けないでしょうか」

言われてみると、確かに間仕切りの扉の一番下には蝶番《ちょうつがい》が二つ、開閉式の小さなフラップが付いていて、言い方は悪いが刑務所の扉にある食事差し出し口のようになっている。そうまでして人と顔を合わせたくないのか、と私は少し呆れたが、言われた通りフラップ扉から本を差し入れようとした。

と、バッグから取り出したら『葉室誠之助《はむろせいのすけ》詩集』という本が一番上になっていた。このあいだ瀧子親方から話を聞き、親方の『ルリユールことはじめ』を再度熟読し、念のため南魚庵さんにも確かめてみた結果、この葉室誠之助がほぼ間違いなく瀧子親方の若い頃の恋人だと判明している。国語の教科書にも載っているような有名な詩人だったので、私は心の中で（ええー！）と叫び、自室の畳の上で一人ゴロゴロと転げ回ったものである。

（これが一番上だと、ちょっと渡しにくいなあ）

別に由良子さんと顔を合わせるわけでもないのに、私は妙なことに気を回してその詩集を二番目に入れ替えてからフラップ扉の奥に差し入れた。ゴトリ、と扉の音がして、彼女が本を取り上げたらしい気配があった。

「借り忘れたものとか、ないですよね？」

「ええ」

その時ハタと気づいた。詩集の下にあったのは、全四巻本の『人類と書物』シリーズ。それなのに一巻と二巻の間に不自然に詩集が挟まっていたら、私がわざとらしく順番を入れ替えたことがわかってしまうではないか。ああ、余計なことするんじゃなかった。

「奇妙に思われるかもしれませんが――」

と扉の向こうから彼女の声。

「祖父の詩集や本は、自分の手元に置いておきたくないんです。それがいつも本棚の中にあって、こちらを見下ろしていると、何と言うか……大きなものに囚《とら》われてしまう気がして」

その何気ない「祖父」という言葉に、私はドキリとさせられた。まるでこちらの考えまですっかり見透かされているようだった。

「返却する時には、またお手間をお掛けしてしまいますが……」

「気にしないでください。区立図書館の分館は小学校のすぐ隣にあるんです。本当に目と鼻の先なんですよ。昔は一枚の扉で通じてたくらいなんです」

「扉？」

「今はもう閉鎖されちゃったんですけど。私が小学生の頃にはまだ通路でつながってて……しょっちゅう区立図書館へ遊びに行ってました」

するとと扉の向こうで、壁にそっと背中をもたせかける音、するするという衣擦《きぬず》れの音がしたかと思うと、どうやら彼女が床にペタリと座り込んだ気配がしたので、私は慌てた。

「由良子さん、大丈夫ですか？　どこか具合でも？」

「いいえ、別に」

「すみません、こんな話、退屈ですよね」

「そうではありません。……ゆっくり、聞こうと思って」

そこで私も背を壁に預け、もたれかかるようにして床に直接座り込んだ。間仕切りの壁一枚を隔てて、由良子さんとこんな風に話すのは初めてのことである。もし私たち二人の姿を天井から俯瞰したら、どういう景色に見えるのだろうかと考えると、何とも不思議な感じがする。

「お昼休みと放課後なら、花小の子は自由に行き来できたんです、その扉を通って。もちろん出入り口には大人の司書さんがいて、図書館へ行く時は名札を預けて——」

「なんのために？」

「何年何組の誰が図書館にいるか、すぐわかるからです。それに、あちらは一般の人がいる場所ですから、万が一変な人から声を掛けられないように名札は外そうね、って」

「なるほど」

「私は大好きだったんです……あの『扉』が。一枚の扉を隔てて、本でいっぱいの夢のような空間に通じている、っていう感覚が好きだった。学校でどんなに嫌なことやつまらないことがあっても、図書館だけは、私の隠れ家だっていう気持ちがあったんです。それに、ちょっと不思議な友達にも……」

「不思議な友達？」

「六年生のときに図書館で出会った、ちょっと変わった子がいたんです。

昼休み、いつものように扉を開けて図書館へ行ったら、窓辺の席に女の子が座って本を読んでいました。見慣れない制服だったから、私立の学校の子だったのかな？　ともかく、こんな真っ昼間に花小じゃない子が図書館にいるのは妙だと思いました。児童書の一角にはその窓際の丸い机と、向かい合った椅子二つ。私のお気に入りの場所でした。

（そこ、私の指定席なんだけどなあ……）とちょっと気まずい思いをしながら、私は向かい側の席に座りました。彼女は一瞬、チラリと私の顔を見たような気がしましたけど、それだけ。二人で向かい合いながら、黙って本を読んでいました。昼休みが終わったので私は教室へ戻り、放課後にもう一度図書館へ行ったんですが、もうどこにも彼女の姿は見当たらなくて。でも、その翌日……。あの、由良子さん、本当にいいんですか？　こんな、単なる私の思い出話で」

「はい、一枚の扉でつながった学校と図書館のお話は、とても興味深く思えます。こんなとき、どう相槌を打ったらよいかわからないのですが、黙って聞いていますから、どうぞ続けてください」

「その翌日の昼に図書館へ行ったら、また彼女がいたんです。真っ昼間から区立図書館にいるってことは、つまり何かから逃げようとしてるわけですよね。私も、彼女も。何だか親近感を覚えました。

その次も、またその次の日も。私たちは昼休みの間じゅう、窓際のテーブルで向かい合ったまま黙って本を読むだけ、という間柄になりました。一緒に本を読む友達……そういうの友達と呼べるのかな、わからないけど。でも、同じクラスでいつも何となく一緒に行動してて、適当にテレビの話とか噂話してるだけの友達よりも、私にとっては、彼女の方が友達っていう気がしたんです。

そんな日々がひと月ほど続いたでしょうか。うちの学校では秋に文化祭があるんですが、その日だけは誰でも自由に小学校と区立図書館を行き来できるんです。私とうとう、思い切って彼女に話しかけてみました。

『私、花小の文芸部員なの。図書室で出し物やってるので、遊びに来ない?』って、ガチガチに緊張しながら。彼女も結構びっくりした様子で、『うん……』と返事を。だからきっと来てくれると信じてたんですね。

でも、彼女は来なかった。渡り廊下を挟んでほんのちょっとの距離なのに、結局来なかったんです。そしてその翌日から、とうとう図書館にも来なくなってしまった。

あの時、声なんか掛けなければよかったかも……と、いまだに後悔することがあります。私が声を掛けたせいで、彼女の大事な居場所を台無しにしちゃったんじゃないかって……」

「いいえ、そんなことは、ないだろうと思います。何か別の事情があったのでしょう。あまり、悪いようにお考えにならない方が」

「そうでしょうか……。由良子さんにそう言ってもらえると、何だか安心します。では、本当に長々とごめんなさい。本を返す時は、またいつでも言ってくださいね」

扉の向こうで、由良子さんが「はい」と小さな声で答えるのが聞こえた。うなずくとき、彼女の長い髪がさらりと肩の辺りを擦れる微《かす》かな音さえ聞こえたような気がした。

「おやすみなさい」と私が言うと、由良子さんも「おやすみなさい」と言う。彼女のひそやかな息づかいは扉の向こうで次第に気配を弱め、私はおもむろに立ち上がってその場を去った。

＊

「おはよ、まふみちゃん。さっきちょっと親方さんちに用があって行ったらさ、由良子ちゃんがあんたにこれを渡してくれって……」

朝早くからドアをノックする南魚庵《なんぎょあん》さんに叩き起こされて寝《ね》惚《ぼ》け眼《まなこ》の私だったが、それを聞いた途端に目が覚めた。それは何とも品のある薄紫色の封筒で、仄《ほの》かにかぐわしい香りが漂《ただよ》っていた。

（何だろう？）

と思いながら封筒を開けると、中に入っていたのはスミレのバッジ――二輪のスミレの絡まるバッジだった。そして一緒に添えられているカードには、

双子のヴァイオレット〈Viola odorata〉のバッジをどうぞ

由良子

と、青いインクの瑞々しく端正な筆跡で書かれている。よく見ればこのバッジは、由良子さん自身が胸に付けているのと同じスミレのバッジではないか。

（ああっ……）

声にならない声が漏れそうになる。私はその美しいバッジを胸元に付けると、サンダルを履いて部屋の外へ飛び出し、一階のルリユール工房の扉を開けた。

まさかこんな早朝に誰も来ると思っていなかったのか、由良子さんは珍しく間仕切りの向こうから出てきており、工房の真ん中の台で作業に勤《いそ》しんでいた。シュル、シュル、と革すき包丁で革を漉《す》く微かな音だけが響く。彼女は私が入ってきたのに気づくと驚き、いつものように咄嗟《とっさ》に顔をそむけて目を伏せたが、横目でチラリと一瞬だけ私の方に視線を注いだ。

「こんな時間にすみません、由良子さん。でも、このバッジのお礼が言いたくて」

「気に入って頂けましたか」

「もちろんです。最初にもらったコスミレもきれいでしたけど、この双子のヴァイオレット、本当に素敵で……。由良子さんとお揃いだなんて嬉しいです。今日はこれ付けたまま学校行っちゃおうかな」

「よくお似合いだと思うのですが……。でも、そのままではお仕事に行かれない方が……」

困惑気味の口調で彼女に言われて、私は初めて自分がパジャマのまま飛び出してきたことに気がついた。

「……やだ、もう」

真っ赤になりながら私がつぶやくと、由良子さんの口元にふっと微笑が漏れた。こんなことは初めてである、彼女がほんのわずかにでも笑うところを見るなんて。

その日から、私と由良子さんとの関係は静かに変化し始めた。

これまでいついかなる時でも、工房の隅の間仕切りの向こうに隠れていた由良子さんは、私の前では取り立てて姿を隠すそぶりを見せなくなった。工房を訪れると彼女は大抵机に向かって製本作業に従事しており、「こんにちは」と挨拶すると、その長い髪をさらりと揺らして軽く会釈をする。

もっとも、由良子さんがその寡黙《かもく》さを失うことはなく、これまで通り彼女は口をつぐんだまま製本の仕事に没頭していた。滅多なことで自分からは話しかけてこなかったし、いかに瀧子親方や南魚庵さんがおしゃべりや世間話に花を咲かせていても、彼女だけは黙々と作業を続けるばかりだった。

製本に打ち込む由良子さんの姿。八本の麻糸がぶら下がる手製のかがり台を使い、針と糸を手に、幾重にも重なる折丁を慎重な手つきで縫い綴《と》じていることもあった。鮮やかな糸を使って、背の両端に貼り付けるための花布《はなぎれ》を一針一針編んでいることもあった。金箔の上に花型のコテを当てたり文様入りの歯車がついたルレットを転がしたりして一つひとつ丹念に箔押しをしていることもあった。

心なしか、これまでよりも一層はっきりと工房内の音が私の耳に聞こえるようになり、よく耳を澄ませていれば、針が紙を貫く瞬間のプスリという微かな音さえ拾うことができる。ページをめくるときの紙のさざめきが聞こえる。

本作りに勤《いそ》しむ由良子さんの姿は、その紙を見る眼差し、道具を持つ手、あらゆる仕草と所作が職人的な美しさに満ちていたが、とりわけハッと息を呑むほど美しいと感じたのは、モロッコ革を漉く作業だった。

まるで鏡づくりの職人が、鏡の表面を砥石《といし》と炭とで来る日も来る日も磨き上げるように。彫刻家が大理石の原石から彫像を彫り起こすべく、巨石相手に鑿《のみ》と槌《つち》とをふるって粉塵にまみれるように……。彼女もまた、削られた革の粉と屑が床に降り積もるのには目もくれず、製本用のモロッコ革を手製のカンナで一心不乱に漉いているのだった。時が経つのも忘れているのではなかろうか。

図書館の本だけでなく、由良子さんからはずいぶん込み入ったお使いを頼まれることも多くなった。

例えば、十日町の骨董《こっとう》通りにある奇妙な名前のお店、「ラ・グロッタ青の小部屋」。

それは、「青色」というこの世で最も深く美しい色の虜《とりこ》になった人々のために、青い品々ばかりが蒐《あつ》められた文具店だった。ショーウィンドウ越しに外から見ると、中は青い光に満ちている。街の中で、まるでこの店だけ水底に沈んでいるかのようだった。すうっと深呼吸をしてから店のドアを開ける。

「いらっしゃいませ。……ああ、お客さん、いい青を着ているねえ」

水色の半袖のブラウスに、ターコイズ色のスカートを履いた私の姿を見て、出迎えた老店主はこう言った。

「いいえ、私はただ――」

「ああ、わかっているよ。ここへ来たお客さんは皆そう言うんだ。『私はただ、青色が好きなだけです』とね。この店には、どんな人が望む青色でも置いてあるのだよ。さあ、ご覧《らん》」

確かにその店の中には、青い文房具なら何でも揃っていた。

藍色、縹色《はなだいろ》、浅葱色《あさぎいろ》、日本の青い伝統色だけで構成された三十六色の色鉛筆。

空色のノートに宇宙色のインク、銀河からこぼれた雫《しずく》を閉じ込めたインク壺。

ヴェネツィアのガラスでできたルーペ。青い鉱物による文鎮《ぶんちん》。剣のように尖った藍銅鉱《アズライト》、寡《か》黙《もく》な氷山のごとき灰簾石《タンザナイト》、緑柱石《アクアマリン》、土耳古石《ターコイズ》。立方体の透明なレジンの中には、アイリスにスターチスに竜胆《りんどう》、数々の青い花たちが封じ込められていた。

かつて、ナイルの色に魅入られた古代エジプト人が生み出した「アレキサンドリアの青」も、メソポタミアの民が群青の空の色に見立てたラピスラズリも、あらゆる「青い色」がそこにあった。

「私、インクを頂きたいのですが」

「インクだって？　うちには何種類も揃ってる、どのインクだね？」

「『青色病患者のための治療用インク』……というセットを」

ここへ来る途中に由良子さんから渡されたメモを見ながら呪文のように練習してきたその奇怪なインクの名を口にした途端、店主の顔色が変わった。

「そうかい、やはりあんたも、青色病の患者なのかい」

「いえ、私ではありません。人に頼まれて」

「それはいけない。このインクは、お客さんごとに診断して処方箋を書いて、その人の性質に合ったものを選んでるんだ。代理なんて話にならないよ、本人でなきゃ」

「でも、彼女は家から出られないんです。だけど製本の仕事をしているので、どうしてもインクが必要なんです」

私が必死に訴えると、店主はううむと唸りながら顎鬚《あごひげ》を撫でつつ、

「なるほど……。それじゃ一本目は、『青い煙の瓶の中に閉じ込められた姫』だな」

「え？」

「インクの名前だよ。グリム童話に出てくる色をイメージした、ドイツ製のインクシリーズがあってね。これは『ガラスの棺』という、お姫様が魔法で閉じ込められるお話に出てくるフレーズから作られたインクだ」

「まあ、とっても綺麗で、悲しげな色」

「その、家から出られないという女性にぴったりじゃないかね。他には？」

「ええと……スミレの花がお好きです」

「じゃあ、『菫《すみれ》色と紺色の灰色がかった海』はどうだい。これは『漁師とその妻』からの引用だ」

　こうして私が質問に答え、それに合わせて膨大《ぼうだい》な在庫の中から、適切なグリム童話のインクが店主によって選ばれた。「青い空に吹き飛ばされる騎兵隊」「蛇の好きな青い絹のネッカチーフ」「青く燃え続ける魔法のランプ」「限りのない青い遠方」……。

　薬瓶型の容器に注入されドイツ語のラベルが貼られたそれらのインクは、二十世紀初頭のライプツィヒの病院で使われていたという古い薬箱の中に整然と収納された。その手つきはまるで、おとぎ話の中の魔法使いが不思議な薬を調合しているようにも見えた。

「これでよし。当分は青色欠乏症に苦しまずに済むはずだ。その、あんたに使いを頼んだ女性は製本家だと言ったね？　今度は私の方から工房へ行かせてもらうよ。『青の本』を作ってもらいたいんだ。究極に美しい、青の本をね」

「きっと彼女なら、お望み通りの本を作ってくださるはずです」

「いやはや、私自身が重篤《じゅうとく》の青色病患者だからね。それじゃ、よろしくお伝えください。お大事に、と」

美しい深淵と憂鬱《ゆううつ》に沈んでしまいそうな、その青色に満ちた文具店のドアを開け、私は表の通りに出た。

そのまま骨董通りを歩いていると、「万葉印刷」という印刷会社の看板が目に留まった。どう見ても町工場風の古い小さな印刷所であるにもかかわらず、妙に多くの客が出たり入ったりしている。買い物袋を提げた女性、移動中の勤め人、近所の老人たち、いたって普通のお客さんだ。中に何があるのだろう？

扉を開けた瞬間、インクと工業用オイルの匂いが暑さと湿気のため増幅されて、ムッとする臭気が立ち込めた。作業所のような薄暗い店内には、天井まで届く斜めの本棚がずらりと立て掛けられ――。

（真っ黒な本ばかり並んでる？）

私は目を疑った。一瞬、背表紙まで真っ黒の本ばかりが本棚に収納されているように見えたが、よく目を凝らしてみると、それは全て黒光りする「活字」なのだった。

活版印刷機と活字の実物を見たのは、初めて瀧子親方にルリユール工房の中を見せてもらった時以来だ。あの時は、小さな活字箱の中にアルファベットと数字の金属活字しか入っていなかったが、今度は漢字という膨大な文字群が束になり、圧倒的な塊《かたまり》としての存在感をもってのしかかってくる。

本、魚、獲、捷、雅、刻、瘡……。あらゆる漢字が、左右反転した活字として棚の中に格納されている。文字、文字、文字、この部屋は見渡す限り文字だらけである。私は軽い眩暈《めまい》を覚えた。

「ねえおばさん、『子』って字の四号が見当たらないんだけど」

「悪いね。それはみんなが持っていっちゃうから、もう小さい号数しかないんだ」

「えー、私の名前、啓子なのに」

客と店の女主人との妙な会話に、私は耳をそばだてた。客が活字を「持っていく」とは、どういうことなのだろう。

「すみません、この活字は？」

「ああどうぞ、好きなだけ持っていって構わないよ。みんな自分の名前ばかり持ってくから、残ってる漢字に偏りがあるけどね。うちの店、今年度いっぱいで閉店するんですよ。金属活字を処分する前に、お客さんにちょっとずつ持ってってもらおうか、と思ってね」

女主人の話によれば、祖父の代から続くこの店は、昭和の最盛期には町の印刷屋として繁盛していたものの、昭和四十年代から活版印刷の衰退とともに低迷を始めた。オフセット印刷に切り替え、活版印刷機は名刺や年賀状のわずかな注文しかないまま今日まで継続されてきたが、経営は苦しく、ついに店を畳《たた》む決心をしたのだという。

「あたしが子どもの頃はね、この店には五〜六人の職人さんがいて、黒いエプロン姿でいつも忙しそうに活字を組んでたもんさ。え？　お姉さん、製本工房のあるアパートに住んでんの？　へえ、お宅もさぞ大変だろうねえ……。さあ、どうぞ、記念に好きなの持ってってよ。拾った活字を印刷機で刷ることもできるよ、そっちはお代を頂きますけどね」

それならもちろん、自分の名前に親方と由良子さんのお名前、それに「ルリユール工房」をもらっていこう、と私は考えた。

(あ、「子」は小さいサイズしかないんだっけ)

さて、たった数文字であるが、これを膨大な活字の棚から探し出すのは至難の業《わざ》だった。活字の漢字というのは通常の五十音順ではなく、まず使用頻度の順に、そして部首順に並べられている。「中」「島」はまだしも「瀧」の漢字を探すのには一苦労、箱を片手に活字棚の合間を何度もうろうろしなくてはならなかった。

(もう、パソコンなら一秒で変換できるのに)

これで本一冊分の字を集めると考えただけで、途方もない作業量に気が遠くなる。つくづく、昔の職人は偉大だと思った。

活版印刷が使われていた頃の古い本を読んでいると、時折妙な誤字に出くわす。例えば、「脱兎のごとく」がなぜか「脱免」になっていたり、「貪欲」が「貧欲」になっている類《たぐい》だ。形が似ているだけで読みは違うのに、なぜこんな間違いが起こるのだろう、とこれまで不思議に思っていたが、その謎も今解けた。こうやって一文字一文字活字を拾っていたら、形の似た漢字と間違えてしまってもおかしくない。

しかし、自分の名前を箱の中に並べてみると、一つひとつの活字は独特の存在感を持っていた。字が実体と重みを持っている。確かな手ごたえと手触りがある。

私は想像をめぐらせた。この活字がもう何十年もの間この印刷所にあって、幾人もの職人の手で拾われ、版の一部となり、また棚の中へ繰り返し戻されてきたことを。「由」という字は、ある時には『表現の自由』という書物を刷るために用いられたかもしれない。『夢見る理由』かもしれない。由井正雪の名前を記すために、あるいは詩の一節のために必要とされたかもしれない。その都度、印刷機から受けてきたプレスの重みを想像すると、身が引き締まるような思いがする。たとえどんなに素晴らしい言葉も、悲しみに満ちた言葉も、平凡な字句も、おぞましい呪詛《じゅそ》でさえも、活字は等しく印字することができる。それこそが、活字の「活《い》きて」いるゆえんであるかもしれないのだった。

「中島さん？」

棚に手を伸ばしかけていたところ、同時に同じ場所へ手を出した男性から声を掛けられて、私はビクリと手を引っ込めた。

「あ……村上さん」

それは、古本カフェ・トーカ館の村上さんだった。何やら重たそうなリュックサックを背負い、大きなスーツケースを壁に立て掛けて、彼もまた箱を片手に持っていた。

「こんなところでお会いするとは、奇遇ですね」

「近くの文具店に用事があって」

「あの青いお店？　あすこの爺さん、ちょっとどうかしてる人だったでしょう。僕はこの近くへ古本の買い取りに来たところなんです」

「面白いですね、活版って」

「僕、宮沢賢治のファンで『銀河鉄道の夜』が大好きなものですから、活版所と聞くだけでロマンを感じますね」

「銀河鉄道の夜？」

「あの中に活版印刷の場面があるんですよ。主人公のジョバンニは苦学生なので、印刷所で活字拾いのアルバイトをしているんです」

そう言われて私は、『銀河鉄道の夜』の中にそんな場面があったことを思い出した。子どもの頃読んだときには、ジョバンニが印刷所で働いていることはわかるのだけれども「これだけ拾って行けるかね」と原稿の紙を手渡される、という意味がよくわかっていなかった。それが今、活版印刷のことだったのかと初めて理解することができた。

「館、館、館……」

とつぶやきながら活字を拾い集めていた村上さんは、そのかさばるリュックサックが後ろの棚に引っ掛かってふらりとよろけ、箱の中身を全部床にばら撒いてしまった。

「ああ、もう。やってしまった」

と頭を掻《か》きながら、彼は床に屈んで落ちた活字を拾い始めた。私もすぐさまそれを手伝ったが、拾い上げたその活字には「美」と刻まれており、おや……？　と思ったのも束の間、今度は「真」という漢字を拾った。真美——確か亡くなった婚約者の名前……。

「ト、ー、カ、……館、と。これでよし。お手伝い頂き、どうもありがとうございました」

村上さんが去り、私もようやく必要な文字を集め終えた。

（「製本には思い出を封じ込める力もあるかもしれない」。そう村上さんは言っていたけれど、やっぱりまだ……）

湿り気を帯びた店の中では、客たちが黙々と、自分の名前や、好きな漢字、もしくは愛する詩句の一節を表す活字を拾っていた。こうして、今日、明日、明後日……と、この印刷所からは少しずつ活字が減ってゆき、来年の春先、店を閉める頃にはもぬけの殻になるだろう。人の亡骸《なきがら》を自然の鳥たちに供するチベットの鳥葬のように、人々はここで文字をついばむ。自分の一番好きな文字だけをついばんだ鳥たちは、それをポケットの中に携えて街の中へと散っていくのだった。

＊

「中島さん、最近何か、いいことでもありました？」

「えっ？」

ある日トーカ館のカウンターで、鈴木くんとおしゃべりをしながらゆったりと珈琲《コーヒー》を楽しんでいた私は、彼から唐突にそう尋ねられた。

「だってこの頃、いつ見てもうきうきしたような感じしてますよ、中島さん。好きな人とかできたりして」

「ちがいますよ！　だいたい、そういうこと言うなんてうちの小学生みたいです。あの子たち、私に尋ねることといったら『彼氏いますか』とか『誰それ先生と付き合ってるんですか』とか」

「あー俺、精神年齢は小学五年生っていつも言われるので。そっかあ、そっち方面だと思ったんだけどなあ」

「気のせいです。たしかに、製本工房はとても楽しいけど」

「中島さんが作った本、お客さんになかなか評判がいいんですよ。この間のほら、フランス装の綺麗な水色の本。棚へ並べたその日のうちに誰かが持ってってくれましたよ」

「本当ですか？　でも、『密やかな結晶』だけはまだ残ってる」

私はそう言いながら、書架の中でもはや定位置になっている、白い繭玉《まゆだま》色の文庫本を指差した。すると、黙っていた村上さんが顔を上げて、

「面白い小説で素敵な装幀なのに、なぜでしょうね？　きっと、まだふさわしい人が現れないんでしょうね。あの本と、自分の大切な本とを『交換』すべき人が……」

とつぶやいた。

テーブル席の客から注文を受けて、鈴木くんはエスプレッソ・メーカーを稼働《かどう》させた。シュルシュル、ゴボゴボ、プシューッという轟音《ごうおん》と共に機械は作動し、たっぷりの温かい湯気と一緒に、抽出されたエスプレッソが出てきた。カップは豊かな泡立ちと香りで満たされた。

「店長はあんまりいいことありませんよね。厨房ではすぐヘマをして、お皿やグラスを割っちゃうし、そのたびにバイトの俺に叱られてるし。どっちが店長なんだか。態度のでかいバイト

ですいませんです」

「……鈴木くん、それ本当に冗談にならないからやめて」

村上さんは少し青い顔をしながら言った。

そこへ、鞄の中でスマートフォンの震える音がした。開いてみると母からのメールだった。

「まふみへ　筆記試験の結果はどうでしたか？　まふみなら筆記はもう大丈夫よね。便りのないのは良い便り、と思っていいのかな。気になるのは論文式の結果だね。夏休みはいつからですか？」

私は憂鬱な溜め息をついた。口に含んだ珈琲はもう冷めかけていて、深みのある苦い味が広がった。

＊

七月の半ば、一学期ももう終わりに近づくという頃、一年一組のクラスでは「図書の時間」に「三行朗読」が行われた。生徒がそれぞれ自分の好きな本を選び、本の中から三行程度を目安に皆の前で朗読するというものである。全員が同じ教科書を持っている国語の授業と違い、図書館の本は一人に一冊しかない。それでもクラス全員が朗読に参加できるようにするには……と、担任の先生と私が考案したアイデアだった。

実際やらせてみると、なかなか面白い。選ぶ本も様々ながら、本の中からどの三行を抜き出してくるかにもその子の個性がよく表れている。最も印象的な三行を読み上げる子、受けを狙って面白おかしい箇所を引っ張り出してくる子、適当に冒頭の三行を読む子、一行ずつバラバラのページから読む子、続きが気になるうまい切り取り方をして、クラスの皆から「そのおはなし、どうなるの?」「よみたい!」と言われるような子。

「じゃあ次の人、読んでください。山田ハルトくん」

それは、入学式の日に図書室を訪れた双子の兄弟だった。まるで測量士のように閲覧机の並びの歪《ゆが》みにこだわっていた子である。あの時読んでいたのと同じ、絵本『へんなどうつぶ』が彼の膝の上には置かれていた。

「がんばってね、ハルト」

隣に腰かけているそっくりな顔をした双子のタクトが、彼の耳元でこっそり囁《ささや》いた。ハルトはおずおずと立ち上がると、絵本を開いて「ど……」とつぶやいたきり、言葉が途切れてしまった。彼はしばらく手に持った絵本を顔に近づけたり遠ざけたりしていたが、やがて絵本を机の上へ置くと、両手で懸命に文字を覆《おお》い隠しながら、

「ど、う、ぶ……つ、じゃ、な、い……。ぼ、か……」

と一音ずつ途切れとぎれに読み始めたのである。読み進めるたびに少しずつ両手を右へずらしているようだ。あまりにたどたどしいハルトの朗読に、クラスからはクスクスと笑いが漏れた。

「ハルトくん、そんなふうに字を隠してたら読めないでしょ? はい、手は本の上から離しましょう」

担任の先生に言われたハルトは、困った様子で手を引っ込めた。すると、今度はぎゅっと右目をつぶり、開いた方の左目に丸めた左手を当てながらスコープのように上から絵本を覗《のぞ》き込んで、

「ぼ、か、ど……、う、つ……、ぶ」

とやり始めた。周囲からはどっと笑いが起き、さすがに担任の先生も、

「ふざけてないで、真面目に」

と少し苛立った様子を見せた。すると隣の席にいたタクトがピンと右手をあげて立ち上がり、

「先生。ハルトは、字がたくさんになっちゃうとこまるんです。文字がうごいたり、ダンスしたりして、どこよんでたかわからなくなっちゃう。ふざけてなんかいないよ」

と言う。クラスは完全に笑いの渦に包まれた。

「もういいから、二人とも座りなさい」

先生にたしなめられた二人は、しょんぼりとした様子で椅子に座った。「ハルト……」と心配そうに言いながら、タクトはハルトの固い握りこぶしの上にそっと自分の手を重ねていた。

「――お話を聞いた限りでは、その子はディスレクシアの可能性があるかもしれません」

「ディス、レク、シア……？」

その日相談室を訪れた私の前で、スクールカウンセラーの榊先生は耳慣れない言葉を口にした。

「識字障害です。一般的な知能には問題がないのに、文字の読み書きにだけ困難をきたすというものですよ。文字が歪《ゆが》む、滲《にじ》む、反転する、踊っているように見える。フォントの違いや、印刷のちょっとしたかすれや汚れなど、些細なことが気になって読むのに集中できない……」

「あっ、それたしかに、ハルトくんが言ってたことに当てはまるかも」

そんな障害が存在することを私は今まで少しも知らなかった。文字が歪んで見えるというのはどういうことなのか、想像しようにも難しい。

「例えばこれが、ディスレクシアの人に見える文字のイメージですね」

そう言って榊先生が取り出した専門書のとあるページには、夏目漱石の『吾輩は猫である』の有名な冒頭部分が何パターンも記されていた。文字ごとに大きさも位置もばらばらで、文字同士が重なり合っているもの。ところどころ文字がひっくり返っているもの。渦を描くように歪んでいるもの……。知っている文章だから「吾輩は猫である。名前はまだない」と読めるものの、これを初見で読めと言われたら確かに困難だろうと思われる。

「なるほど、これは……。でも、ハルトくんが文字を隠そうとするのはなぜでしょう?」

「多くの文字情報があるほど混乱してしまうのです。人にもよりますが、余計な情報を遮断すれば読みやすくなることがあります。実際ディスレクシアの人のために、一行分だけの穴が開いたシート型の読書補助器具や、色つきの眼鏡が欧米では使われていると聞きます」

「じゃあやっぱりハルトくんは、意味のないことをしているわけではないんですね? 担任の先生に伝えなくちゃ」

「僕からお話ししておきましょう。一度専門家の診断を受けるべきです。先生から親御さんにうまく話が伝わるといいのですがね……おそらく夏休みを挟んでしまうでしょうが」

　卓上のカレンダーを長い指先でめくりながら榊先生はそう言った。頼もしげなその言葉のおかげで少し安心することができたせいか、今までずっと目の前にあったのに、それが紺色をした綺麗な星座のカレンダーであることに私はやっと気がついた。後ろの壁には八十八星座の大きなポスターが貼られていた。十二星座の知識もあやふやな私には、宇宙にひしめく八十八星座の多くは見慣れない形をしたものだった。一箇所だけ、たくましい青年が壺を傾けて流れ出た水の先に、ナマズのような不細工な魚がひっくり返っている変な絵があって、しかもその魚の口に小さなピンが刺さっているのが目についた。先生が気になる星に印でも付けているのか、部屋に来た男子のいたずらなのかはわからない。よく見たらマグカップにも星座のマークがある。

「うお座……で、合ってます？」

「いえ、これはみずがめ座ですね」

「天文お好きなんですか」

「子どもの頃、将来の夢が天文学者だった程度にはね」

「私、地図が読めなくて、星座みたいにぐるぐる動くものも全然ダメなので、星座のことを知りたい子が図書室に来たら、こちらへ案内させてください」

　先生はハハッと笑った。そこで相談室を出ようとすると、

「あ、……中島さん」

と先生が私を呼び止めた。

「はい？」

「僕のところへ知らせてくださって、どうもありがとうございました」

榊先生はにっこりと微笑んでいた。私は軽く会釈をして、シダーウッドの香りが仄《ほの》かに漂う相談室を後にした。

＊

「——ただいま」

「お帰り、まふみ。さあ上がって、上がって」

八月十二日。お盆休みになり、さすがにこれ以上帰省を先延ばしにする口実を失った私は、仕方なく隣町の実家へ久々に戻ってきたのだった。太陽のじりじりと照り付ける道路が鉄板のように熱く感じられる日で、家の軒先《のきさき》に植えられたアロエの葉がぐんぐんと庭を侵食しそうな勢いで生い茂《おしげ》っていた。

居間では父が猫背になってぺたんと座椅子に座り込み、テレビを観ていた。妙に生真面目でカジュアルな格好というものが苦手な父は、家の中だろうと真夏だろうと判で押したように長ズボンにベルトを締めており、見ているこちらまで暑苦しい。私の姿を見ると、

「もう少しこまめに連絡をよこしなさい。お母さん、心配してたぞ」

とやや不機嫌そうに言う。

「いまスイカ切るわね。……まふみ、ちょっと日焼けした？」

「そうかも。図書室のカウンター、西日がきつくって」

私たちはやけに水っぽいスイカを食べながら、ボソボソとした口調で話した。といっても父は無口であるから、ほとんど母の話に私が答えを返しているだけの会話である。しばらくは当たり障りのない会話に終始していたが、ふと母が、

「試験……どうだった？」

と尋ねる。

「それは……」

言葉に詰まる。食卓に気まずい沈黙が流れた。

「……もう、受けないから」

「え？」

「これ以上受けても見込みがないから、もう受験はしないことにしたの」

父も母もしばらくの間絶句していた。

「もう受けないって……。じゃあ、これからどうするつもりなの」

「司書の仕事で食べてくしかないんじゃない」

「司書の……仕事……」

信じられない言葉でも口にするかのように母が言う。

「じゃあ、これまでずっとやってきた司法書士の勉強はどうなるんだ」

と父がかぶせるように言った。

「別に、どうにもならないんじゃない？　ただ、時間と努力とお金が無駄になっただけで。もうこれ以上無駄にしたくないから、受験はやめにするの」

「そんな……」

母の顔色は真っ青になっている。

「ねえまふみ、ちょっと考え直さない？　お金のことで困ってるなら助けてあげるから。やめるなんて、そんな急に……」

「急になんかじゃないの。確かに言い出したのは突然かもしれないけど、もうずっと前から考えてた。そもそも今年だって……受けてないし。出願すらしてないし」

「ええ？　どういうこと？」

両親はすっかり狼狽《ろうばい》した様子で、特に母はひどくおろおろしながら怒りを露《あら》わにし始めた。

「どうして何も相談してくれなかったのよ。だいたい、司書の仕事って……。どこもここも非正規で一年契約ばっかりなんでしょう？　今年はよくても来年はどうするの？　そんな仕事、一生続けるような――」

私は黙って立ち上がると、居間のソファの脇に置いてあった鞄を持ち上げた。

「ごめん、帰るね」

「ちょっと待って、急に」

「おい、まふみ、待ちなさい」

引き止めようとする両親を無視して、私は家を出、ぴしゃりと玄関の戸を閉めた。そのままバスにもタクシーにも乗らず、ただただ炎天下を四十分あまり歩き続け、ようやくリーブル荘にたどり着いた時にはすっかり疲労困憊《こんぱい》していた。


その翌朝、蒸し暑い一夜に苦しめられた私は、誰かがしきりにコンコンとドアを叩く音で目を覚ました。ふらふらと起き上がり、寝間着のＴシャツ姿のままで出ると、玄関口に立っていたのは瀧子親方だった。

「おはよう、まふみさん。いつもお願いばかりで申し訳ないけど、それじゃ行ってくるわね」

「はあ……」

寝惚け半分に曖昧な返事をして見送ったが、ドアを閉めてしばらくした後で、やっと自分が親方から何を頼まれていたか思い出した。これから親戚の法事で二日間出かけるので、私と南魚庵さんに一日ずつ工房の留守番をしてほしい、というものだった。

私は慌てて歯を磨き、疲れてひどい有り様になっている顔を洗い、あまり変わり映えはしないがもう少しましなＴシャツに着替えて床に置きっぱなしの鞄をつかむと、ルリユール工房へ向かった。

「すみません、遅くなって」

と言いながら扉を開けたところ、作業場の中の由良子さんが、ひどく驚愕《きょうがく》した顔でこちらを凝視している。まるで、幽霊にでも出くわしたかのような表情だ。

「ええと、親方から頼まれたんです、今日の留守番を……」

「スミレのバッジは？」

疑心に満ちた顔つきの由良子さんに言われて、私はハッとした。

しまった。ない。胸元のバッジがない。ズボンのポケットにも鞄の中にもない。いつもはここに入れてあるはずなんだけど、もしかして実家の床に落としてしまった？

「おかしいな、どこだろう……」

「あれだけは忘れないでほしいと言ったのに」

由良子さんは落胆した硬い表情でそう言った。その声には、この家で初めて会話を交わしたときのような緊張と怯えすら感じられた。私の背中からは冷や汗がにじみ出て、べったりと下着に纏《まと》わりついて不快な感触を残した。

その日の午前中、由良子さんはぎこちない雰囲気の中で仕事を続けていた。だがとうとう、正午をわずかに過ぎた頃になると、

「少し、横になって休みます」

と冴えない顔色で言い出した。この暑さの中、相変わらず首元のきついチョーカーは嵌められたままである。

「具合が悪いんですか？」

「この暑さが少々、体に堪《こた》えたのだと思います」

「じゃあ、何かさっぱりしたものでも……」
「要りません。どうにも食欲がないのです」
そう言って、彼女は二階の私室へ上がってしまった。

主《あるじ》のいない工房で読書をしながら、私は由良子さんの体調が気がかりでならなかった。それに実家での両親との諍《いさか》いを思い出すにつれ、気持ちは落ち込んでゆくばかりである。捗《はかど》らない読書の手を留めて、はぁ……と深い溜め息をついた。栞《しおり》の入っていない本だったので、付箋《ふせん》か何か代わりになるものを、と鞄の中のペンケースを開いたら、スミレのバッジが出てきた。本当に、イライラしている時というのは訳のわからない場所に物をしまったり置いたりするもので、自分でも呆れてしまった。

窓の外では蟬《せみ》がジィジィと鳴き、南魚庵からは池の泥臭さと生臭さが熱気とともに漂ってくる。こんな耐え難い日差しと暑さの日にも、パラソルを差して釣りに興じる常連客がいるのが信じられなかった。

製本家のいない製本工房ほど、侘《わび》しげなものはない。置き去りにされたかがり台、切り取られたままの厚紙、綴じられるのを待っている本……。

そこへ、玄関の扉をコンコン、と叩く音がする。私は気を取り直して立ち上がった。扉を開けるとその前に立っていたのは、見覚えのある一年一組の双子だった。

「こんにちは。あっ、司書さん！」

タクトが朗《ほが》らかな声で言う。夏の眩《まぶ》しい日差しが彼の顔を照らし、ハルトの顔にはその影がかかっていた。

「あのね、君たち、ここは本をつくるお店なのだけど、何かご用ですか？」

「えっと、なつやすみのしゅくだいで、じゆうけんきゅうというものがあります。一ねん三くみのリサちゃんとショウタくんが、ユリルールこうぼうというところで本をつくってるよ、とおしえてくれたので、ぼくたちは本がすきなので、おはなしをきいてみたいとおもいました。よろしくおねがいします」

言い終わると、タクトは勢いよくペコリと頭を下げた。それを見てハルトもつられるように、ぎこちなく一礼をする。

「せっかく来てくれたところ申し訳ないけど、今、製本家の先生は二人ともお休みなの」

笑顔だった少年は、それを聞くとにわかにがっかりした様子を見せた。

「えー……。司書さんは、本をつくらないの？」

「私はただのお留守番」

「おみせのなかは、みられないの？」

「それは見せてあげてもいいけど……」

「みせて！」

少年の目はきらきら輝いており、扉の隙間から垣間見える工房の内部に興味津々の様子だった。私はチラリと上目遣いをしながら、二階で休んでいる由良子さんのことを考えた。

「いいわ。一つだけお約束守ってくれるかな？　図書室と同じで、工房の中ではお静かに」

「うん。しずかにしようね、ハルト」

タクトはひそひそ声でハルトに囁き、二人は向かい合って人差し指を口元に当て「シィーッ」というポーズをした。

作業場の中へ二人を通すと、少年たちは口をポカンと開けて、初めて目にする製本工房への驚きに飲み込まれていた。

「これが本をつくるばしょなの？　ぼくはもっと、工場みたいなところだとおもってた」

「機械で本を作る工場もあるけれど、ルリユール工房では先生が一冊一冊、手作業で本を作っているのよ」

「ふうん、すごいや。ねえ、このそうちはなんですか？」

「これは『かがり台』といって、本を針と糸で縫い合わせるための……」

「あ、ちょっとタイム。十びょうだけまってください」

とタクトは私の話を制止し、そして「じゅう、きゅう、はち、なな……」とつぶやきながらゴソゴソとリュックの中を探り、ノートと鉛筆を取り出して熱心にメモし始めた。紙のこと、表紙のこと、綴じ方のこと……。

「しつもんがあります。いっさつの本をつくるのに、なんじかんくらいかかるのですか」

「この工房では、お客さんからいろいろ難しい注文を受けることが多いし、先生はとてもこだわって一冊の本を作るの。だから、少なくとも一か月。数か月や、一年近くかかることも」

「いちねん……」

タクトは目を丸くして驚いている。

「その、一ねんかかる本は、その一ねんのあいだ、先生はまいにち、本をつくっているのですか？」

にっこりとうなずきながら、私はかつて自分が全く同じように、瀧子親方の前で驚いた日のことを思い出した。あの時は、一冊の本に何か月も、まして一年もかかるということが想像もつかなかった。けれども今では、少しずつ理解し始めている。製本とは日々の地道な、気の遠くなるような作業の積み重ねであり、製本家の誠実さと忍耐によって作られるものだということを。

「すごいなあ。ぼくもいつか、本をつくってみたいな。じぶんで本をつくれるなんて、まほうみたいです」

タクトが興奮している脇でハルトはずっと口をつぐみ、製本の機械や道具にも、美しいモロッコ革にも、マーブル紙にも興味を示す様子はなかった。

その代わり、彼は妙なものに目を留めていた。長方形の穴の開いたボール紙である。ハルトはそれを手に取って、片目をつぶったり、ボール紙を顔に近づけたり遠ざけたりしながら、四角い穴の向こうに見える景色を熱心にみつめていた。

「それはね、『窓あき文庫』用の厚紙。ここのおばあちゃん先生が考えたアイデアなの。こうやって、古い本の上に乗せると……。ほら、新しい表紙ができて、窓から本のタイトルだけが見えるでしょう？」

「あ、ほんとだ、おもしろいね」

するると、ハルトは急にしょっていたリュックを下ろし、中からごそごそと一冊の絵本を取り出した。それはあの、『とべない鳥のしょくん！』だった。彼はページを開き、文章の印刷された上に窓の穴の開いたボール紙を置く。

「ねえ、ハルト、なにしてるのさ？」

彼はじっとそのボール紙の窓を凝視している。そして、ページの上に乗せた厚紙の位置を少しずつずらしながら、ハルトは絵本を読み上げ始めた。

「――あるところに、三わのなかのいいとりたちがいました。

あひるのガァブと、だちょうのディーディー、それにペンギンのポンポンです。

ふつう、とりというのは、そらをじゆうにとびまわります。

ツバメだって、カラスだって、アホウドリだって。

でも、この三わのとりたちは、りっぱなつばさがあるのに、ちっともとぶことができませんでした」

訥々《とつとつ》とした棒読みながら正しく文章を読み上げている。驚いた。まるで別人のようだ。

「すごいすごい、ハルト、やればできるじゃん」

興奮気味に手を叩きながらタクトが言う。

（あ、これって、榊先生が言っていた……）

相談室で榊先生に教えられた「ディスレクシア」という識字障害のことを思い出した。反転した文字、滲みながら重なる文字、歪んで踊り出す文字……。余計な文字を隠せば読めるようになる子もいるし、そのための補助器具もあると榊先生は言っていた。もしかしたら窓あき文庫の「窓」が、ちょうどその役目を果たしてくれるのだろうか？

「ぼく、これが、ほしいんだけど……」

窓あき文庫のボール紙を手にしたハルトが、おずおずとした口調でこちらを窺う。

「字をかくせば、ハルトの本はダンスしなくなるの。でも、おかあさんにいっても、しんじてくれない。文字がうごくわけないし、ハルトはふざけてないで、もっとまじめにべんきょうしなさいっていう。

ウソじゃないよ。ハルト、ふざけてなんかいないよ。ぼくしってるもん。ねえ、司書さんは、ハルトのことしんじてくれるよね？」

「ええ……」

「これがあったら、ハルトが本をよむのにやくにたつとおもう。ぼくたち、どくしょかんそう文をかかなきゃいけないんです。おねがい、司書さん」

タクトは黒い粒のような瞳で私の顔をじっとみつめた。

「あのね、これは製本家の先生が作ってるものだから、君たちにあげてもいいですかって、ちょっと先生に聞いてくるね」

二階へ上がり、ベッドで休んでいた由良子さんに事の次第を説明し始めた。ただでさえ彼女が不機嫌で体調が悪いところへややこしい話をするのはあまり気が進まなかったのだが、由良子さんは嫌な顔をするどころか、神妙な顔つきで聞き入っている。驚いたのは、私が「ディスレクシア……という名前の障害があるそうで」と言うと、「知っています」と当然のように答えたことだった。

「では、この窓あき文庫のボール紙、ハルト君にあげてもいいでしょうか」

「いいえ、駄目です」

「どうして？」

「この窓では不十分だからです。中途半端に文字が切れたり、余計なものが見えたりしてしまうのは、かえってよくありません。どんな本でもぴったり一行が表示できるように、窓の幅と高さは調節可能にすべきです。今から作りましょう」

「えっ、でも由良子さん、体調が……」

「このくらいなら起きられます、大したことはありません。……子どもは苦手なので、直接会うのだけは勘弁して頂きたいのですが」

　そこで彼女は一階の工房へ降りるやいなや、子どもたちの眼差しを避けるように間仕切りの向こうへ駆け込んだ。

「製本家の先生が、もっと立派なものに作り直してくれるんですって。それまで、いい子で待ってくれるかな?」

「はーい」「はい」

タクトとハルトの二人は客用の席に椅子を二つ並べて座り、テーブルの上にノートを広げて、さっきの聞き取り調査の「まとめ」を書き始めた。どうやらここの名前を「ユリルールこうぼう」だと二人とも勘違いしている様子なので、「ルリユール工房」だと教えてやると「……うわあ」とタクトは小声で叫び、ノートのあちこちにゴシゴシと消しゴムをかけた。

そんな風に、一時間ばかり過ぎた頃だろうか。

コンコン、と間仕切りを叩く音がしたかと思うと、扉下のフラップが開いてコトンと何かが差し出された。完成した窓あきの装置だった。

窓の周りには可動式の枠があり、それを動かすと高さや幅を自由に調整することができる。その他には一切余分なものがなく、窓の中だけに集中できるデザインになっている。ただ一つだけ、裏側の下部にはこんな文字が記されていた。

——これは世界の覗き窓

「わあ、すごい。まどが、タテにも、ヨコにもひろがるよ。ハルト、よかったね。せいほんかの先生、どうもありがとう」

「……ありがとう」

するとと間仕切りの向こう側から、

「あ、はい……あの……」

というたどたどしい返事が聞こえた。数秒の間を置いて、間仕切りの扉がゆっくり開かれたかと思うと、その陰から由良子さんがおずおずと姿を現した。一瞬だけ双子のほうを見たがすぐに目をそらし、俯いたまま、

「……どういたしまして」

と、聞こえるか聞こえないくらいの小声でつぶやいた。子どもたちが何か言ったり駆け寄ったりする暇もないくらい、すぐさま逃げるように二階へ戻ってしまったのだが、たった一言にせよ、由良子さんが初対面の人間に面と向かって口をきいたのを私は初めて目の当たりにした。

「ねえハルト。もういっぺん、『とべない鳥のしょくん！』よんでみて」

「うん」

そこでハルトは再びリュックの中から絵本を取り出し、開いたページの上に「世界の覗き窓」を載せて幅と高さを調節すると、窓から見える文字を順番に読み上げた。

「――『そんなら、しみんプールへいこうよ』と、ペンギンのポンポンはいいました。

『あきやふゆになると、だれもプールでおよぐひとはいないいんだ。

だから、そこでありったけ、とぶれんしゅうをしようよ。

あそこなら、だれもぼくらのことをわらわない。

とべないとりでも、できそこないだなんていわれない。

それにぼくらは、このまちの、れっきとしたたしみんだからね』……」

　この最後の言葉を読み終わらないうちに、ハルトの目に涙が浮かんだ。

「ハルトくん……」

　そう呼びかけた途端、私の目にも涙があふれてきて、どうにも止まらなくなった。ハルトはポロポロと涙を流して泣き出し、私も抑えようもなく泣き出した。

「ああ、もう、ハルトのなきむし！　司書さんのなきむし！　こまったなあ、二人とも、ぼくどうしたらいいんだよ？」

　タクトはその小さな手で、ハルトの頭と私の肘《ひじ》の辺りを、交互によしよしと撫でてなぐさめた。そうして私たち三人はしばらく、泣いたり笑ったりした。工房の外では蟬たちがミンミンと、それをかき消すかのような大音量で鳴いていた。


　タクトとハルトの家は高台のマンションにあるというので、坂のてっぺんまで二人を送っていった。「ありがとうございました」と坂の上で二人は揃ってお辞儀をし、浄水場がある方角の道へ曲がっていく。

　厳しい日差しを日傘で遮《さえぎ》りながら、そびえ立つように高い石造りの浄水塔を私は見上げた。と、上部にあるガラスの窓に光と水紋がきらめく。午後になると浄水塔の中に満たされた水の表面に窓越しに入ってきた光が反射し、それがさらに窓ガラスに映り込んで、外からはこんな風に窓が水面そのものになって揺らめくように見えるのだ。ちょうどあの子たちの年頃だっただろうか、私がここで初めて塔に浮かぶ水の波紋を目にしたのは。

（この景色、由良子さんは知っているのかな……）

ふとそんなことを考えたが、思い出や感傷に浸るにはこの暑さはあまりに過酷である。日傘がなければ焦げついてしまいそうな日差しの中、私は工房へ戻る坂道を下っていった。

相変わらず蟬の声がけたたましい。しかし、何か様子がおかしいことに私は気づいた。外で騒がしい音を立てているのは蟬だけではない。人だ。釣り堀の方から人の騒ぐ声がする。アパートの住民は軒並み窓から身を乗り出しており、二階の人々が釣り堀を指差して驚いているのが見える。

（何が起きたの？　まさか、南魚庵さんが――）

悪い予感を覚えた私は、日傘をばさっと閉じて南魚庵に駆けつけた。入り口にはトラックが止まっており、釣り堀には人だかりができていた。近所や通りすがりの人々だろうか、野次馬のように溜め池の周囲を取り囲んでいる。

「はい皆さん、下がって下がって」

と、制服を着て大きなバケツを抱えた作業員らしき数名が見物人を制している。その人だかりをかき分けながら、私はやっと番台の前に立っている南魚庵さんの姿を見つけた。

「庵主さん！」

この騒ぎの中で、南魚庵さんは茫然と立ち尽くしていた。

「いったい何があったんです？　庵主さん」

「うちの子……うちの子たちが……」

そう言ったきり、庵主さんの言葉は途切れた。まさかと思って振り返ると、深緑色の池の水面には、何匹も――いや何十匹もの鯉たちがその白い腹を上に向けてぷかぷかと浮かんでいる。水面を漂う鯉の死骸の上に日差しは容赦なく降り注ぎ、魚たちの鱗《うろこ》と腹は目を背けたくなるほど白く眩しく輝いていた。

第五章　ベルギーの秘密の糸かがり

季節というものが、地から湧いてくるように訪れるものだとしても、秋の到来だけは例外だ。秋は空から降ってくる。天高く、晴れ渡った空から、風に乗って。

この街を風が通り過ぎる。軒《のき》に吊るされた印章屋の看板が揺れ、八百屋の店先に並べられた野菜や果物の色あいは見るも鮮やかに目に映る。

花園小学校を取り囲む森は、目の覚めるような紅葉に色づいていた。毎日坂道を下ってゆく私は、日に日に鮮やかさを増してゆく木々の色に目を奪われてしまう。校庭の落ち葉をサクッサクッと踏みしめながら、こんな場所で小学校時代を過ごしてきたのかと胸を満たすものを感じる。

休み時間になると、子どもたちが落ち葉にまみれながら、一心不乱にどんぐり集めを始める。

「司書さん！　これ、あげるね」

マテバシイにコナラ、ウラジロガシ。光沢のつややかなのやら、細長いのやら、まだ少し青みがかっているのやら、私のポケットは貰ったどんぐりで一杯になる。

南魚庵の釣り堀は、いつにも増して静まり返っている。空気は澄み渡り、池の水面は曇りなく磨かれた鏡のように秋の空を映し出していた。ぴちゃり——と一匹のヘラブナが頭をもたげた水音が、水面上に微《かす》かに響いている。

番台では庵主さんが頬杖をついて、誰もいない釣り堀の夕暮れをぼんやりと眺めていた。

「こんにちは。……庵主さん？」

「……ああ、まふみちゃん……」

まるで魂の抜けたような目で、庵主さんが弱々しく返事をする。

夏の盛りにこの南魚庵を襲ったのは、コイヘルペスウイルス（ＫＨＶ）病という伝染病だった。かつて霞ケ浦で蔓延し、鯉の大量死を引き起こしたこともあるウイルスで、発病した場合の致死率は百パーセント。発病の原因や治療法は解明されておらず、小さな池にウイルスが持ち込まれれば大量死は不可避という恐るべき伝染病だ。

あの日、東京都の水産課からやって来た担当者と専門家の調査によれば、千葉の業者から買い入れたばかりの新しい鯉がウイルスの感染源だったらしい。生死にかかわらず、南魚庵の鯉は検査のため全匹が押収され、最後は焼却処分となった。ＫＨＶはニシキゴイにしか感染しないためヘラブナこそ無事だったものの、あれ以来南魚庵の釣り堀には一匹の鯉もいなくなってしまった。

「せめて、あの子たちの魚拓《ぎょたく》だけでも、残せていたらなあ……」

庵主さんがポツリとつぶやく。

あの夏の日、次々と池から引き上げられ、バケツに詰め込まれた鯉の死骸のことを脳裏に思い返した。赤く爛《ただ》れた鰓《えら》、くぼんだ眼球、凸凹《でこぼこ》になった頭部……。あの異形の魚たちのことを思い出すと、いまだに鼻の奥で死臭が甦る。しかし今までずっと、この釣り堀で亡くなった魚の魚拓を取ってきた庵主さんにとって、何の痕跡も留めずに池の鯉が一匹残らず姿を消してしまったという喪失感は、計り知れないものであるに違いない。

「もしそうしていればさ、畳《たた》むにしたって、心残りなく……」

「えっ？　畳むって、何をですか？」

「この釣り堀だよ。あれ以来評判はガタ落ちで、閑古鳥は鳴いてるし、新しい鯉を仕入れる金もないし……」

「南魚庵さんが閉業だなんて……。そんなの絶対に嫌です。ねえ、何か打開策を考えましょう。瀧子親方にも相談して――きっと何か方法があるはずよ」

「俺だって……畳むなんて嫌だよ、本当は。まだヘラブナの子たちがいるってのに……。それに、もし……。もしこの土地が人手に渡って、訳のわからない建物でも建てられたりしたら、これから親方と由良子ちゃんの生活はどうなっちまうんだよ……」

とうとう南魚庵さんは涙をこらえ切れず、頭にかぶっているバンダナをむしり取って目元を押さえた。私はそれ以上何も言うことができず、懸命にこらえるために固く拳を握りしめた。ポケットの中に詰め込まれたどんぐりの、ゴツゴツとした感覚が拳に当たった。

＊

ルリユール工房の製本教室では今、様々な糸かがり本について学んでいるところである。本を構成する綴《と》じの部分は、まさに「閉じられた」場所。本の背は人間にとっての背骨と同じで、直接表には現れないが本を支える大事な場所である。ここが緩んでいたり脆弱《ぜいじゃく》だったりすると、本はすぐばらばらに崩れてしまう。かといって、何の柔軟性もないほど背が固いと、読まれることを拒んでいるかのような読みにくい本となる。

「今からお見せしたいのは、シークレット・ベルギー装という製本法です。『シークレット』というのだから、『秘密』。ベルギーの、秘密の糸かがりということになります」

瀧子親方は、一冊の本を収納箱の中から取り出した。その水色の布表紙に、鮮やかな黄色のステッチ糸が背表紙に施された本は、シンプルな造本ながらも、どこか不思議な雰囲気を醸し出していた。

（ベルギーの秘密の糸かがり……？）

堂々と美しく剝き出しにされた綴じ糸。日本の伝統的な和装本のように見えるかと思えば、現代風のスタイリッシュなデザインにも見えた。

「この本、開いてみても？」

こんなに幅を取って糸綴じをしているのだから、さぞ開きにくいだろうと思いつつ表紙をめくってみたところ、目一杯開くことができたので驚いた。

「えっ、こんなにきれいに開く。どうして？」

「そこが、『秘密』の糸かがりなのよ」

　と瀧子親方は言う。

「このシークレット・ベルギー装が流行したきっかけは、ヘディ・カイルというアメリカの女性製本家が広めたことと。何が一番謎めいているかって、元々誰が発明した方法なのか、まったく由来がわからなかったのよ。

　ヘディさんはアメリカの製本学校で習ったのだけれども、そこの先生も誰の発明なのかわからないというの。いろんな人の証言をたどっていくと、ただ一つの手がかりは『とあるベルギー人がこの製本法を伝えた』ということだけ。それで、『シークレット・ベルギー装』というミステリアスな名前がつけられた、というわけ」

「『とあるベルギー人』の正体はわからなかったんですか？」

「みんな、こぞってシークレット・ベルギー装の謎を解き明かそうとしたわ。そのうち、だんだん不思議な噂が飛び交うようになってね。中世フランドルのとある製本工房で、門外不出で作られていた製本法があった。今では失われたその製本法が古文書から解読され……なんていう、古書ミステリのような作り話まで生まれたそうよ」

「作り話……ですか」

「結局真相は、アンヌ・ゴワというベルギーの製本家が、日本の和装本からヒントを得て一九八六年に発明したものだったの。皆さん、前回『四つ目綴じ』という和装本を勉強したわよね。

洋装本のように綴じ糸を隠すことなく、本の装飾の一部とするのが和装本の特徴でした。そこで彼女は和装本の良さを生かしつつ、しかも本文《ほんもん》は開きやすいようにアレンジしたの。これがその作り方」

シークレット・ベルギー装の手順を示した両面刷りのプリントが、教室中に配られた。それは今まで教室で作ってきた本よりもずっと複雑で、特に糸のかがり方はややこしいことこの上なく、見ているだけで頭の中の糸がこんがらがってしまいそうだった。

(何だか難しそう……。こんなの、ちゃんと作れるかしら)

と心配になる。

「このシークレット・ベルギー装の『秘密』はもう一つあります。今配ったプリントを、ざっと見渡してみて。何か、気づくことはない？」

「うーん、とても複雑で……」

「糸で縫う作業が、ものすごく多いですね」

「逆に言うと？」

「あっ、糊を使うところがない！」

それは意外な製本法だった。この教室で製本をしていて、いつも気力を要するのは糊を使う作業だ。親方に言われている通り、糊を塗る量と手際を把握するのは本当に難しい。目と嗅覚と、刷毛《はけ》を通した手触りを頼りに行う糊付けの作業。ザク固めという、折られていないペラの紙束を糊で固定する方法など、何度も失敗しながら練習してきた。

だから製本に、糊付けは必要不可欠な作業なのだと思っていた。それなのに、糊を使わない製本が？

「シークレット・ベルギー装は、糊を使わず、糸だけで本を綴《と》じる技法なの。だから、綴じ方は少々ややこしいけれど、利点もあるのよ。糊を使っている場合、かがり直しをするために本を解体する時、こびりついた糊が邪魔になるけど、このやり方ではそうなりません。だから何年、何十年、あるいは百年経っていても綺麗に製本し直すことができるの」

「でも、先生」

と、参加者の一人が手をあげた。

「そんなに長い時間が経ったら、本の持ち主も替わってるし、せっかくのこだわりが忘れられちゃう、なんてことは？」

「そうねえ……」

ちょっと考え込みながら、瀧子親方は言葉を続けた。

「たしかに、そうかもしれません。でも、将来の持ち主が本をどうするかなんて、私たちにはわかりようもないし、こうしろと押しつけることもできないわよね。大事なのは、本というのは綴じられなければ成立しないものだけれど、そのどこかに、未来へ開かれた要素を残しておくことだと思うんです。

あたしがこれまでに手掛けたシークレット・ベルギー装で、一番心に残っている本の話をさせてください。

それは、岩手のある小さな町で行われてきた、芸術祭のパンフレットだったの。一つひとつはとても薄いのですが、これまでの二十五年分すべてを合本《がっぽん》にして、十部限定の特装版にしてくれませんか、という依頼だったわ。毎年町の人たちが熱心に手作り芸術祭をやってきて、かれこれ四半世紀も続いてきたけれど、不況のため県や地元企業からの支援金が出なくなり、泣く泣く今年で休止せざるを得ないのだと。

でも、町の人たちがおっしゃるには、あくまでも『休止』なんです。『終了』ではないんです。現実にはもうそんな日は二度と来ないかもしれないけど、もしまた町が元気になった暁には必ず芸術祭を復活させます。そう力を込めておっしゃっていたわ。

だからあたしは、この二十五年分の記録をどんな本にすべきかと考えたとき、シークレット・ベルギー装以外の答えを思いつきませんでした。表紙はとてもしっかりした厚紙。それは揺るぎなく堅牢な一冊の本です。そして同時に、未来に開かれている。

その本は完璧にルリユールされているように見えて、実はまだルリユールされていないのです。だって、まだ『第二十六回』の芸術祭パンフレットが綴じられていないのだもの。

もし——現実にはもうそんな日は二度と来ないかもしれないけど——、二十六回目の芸術祭が開催された日には、あたしはどんな皺《しわ》くちゃなおばあさんになっていたとしても、その本を製本し直すわ。もしあたしが死んでたとしても、地元の人たちの誰かが、必ず覚えていてくれるはず。そしてそれを引き継いだ製本家が、必ず二十六回目のパンフレットを綴じてくれるでしょう。

そういう思いを込めて、一針一針、紙を糸でつないでいきました。それが、あたしがあの本に込めた『秘密』かもしれません。製本家は、自分が手掛けたどの本にも、何らかの秘密を託すものです。

……さあ、それでは、一緒にシークレット・ベルギー装の本を作っていきますよ。皆さん、用意はいいかしら？」

そこへ、カランコロンと入り口を開けるベルが鳴った。南魚庵さんだった。

「まあ、あなたが来ないからみんな心配してたのよ。さ、座って、座って」

「親方。これなんだけど」

庵主さんが脇に抱えていたのは、この製本教室でこしらえたポートフォリオ。開くと、中からはコイやヘラブナの魚拓を取った和紙が何枚も出てきた。

「あらあ、可愛い子たちねえ」

「だろ？　俺、こいつを全部まとめて製本したいと思うんだ。まだ帳場の中にもたくさんあってさ」

「もちろんいいわよ。南魚庵さんのためにやってあげる」

「違うんだ。もちろん、親方に頼めば立派な魚拓集ができるのはわかってるんだけど、そうじゃなくて、俺自身の手で製本したいんだよ。……下手くそでも構わないから」

その言葉に私はハッとさせられた。南魚庵さんはさらに続ける。

「そうしないと、どうにも気持ちの区切りがつかないっていうかさ。だから、これだけは自分で製本するって決めたんだ。困ったことがあったら、親方、手助けしてくれるかい？」

「決まってるじゃないの。いつでもあたしのとこへいらっしゃい」

自分自身の手で本を製本する……。気持ちの区切りをつけるために……。南魚庵さんのその言葉は、心の中でこだまのように響き続けた。

＊

「今日は鈴木くんがお休みなので、あまり美味しい珈琲《コーヒー》が出せませんが」

古本カフェ・トーカ館のカウンターでは、村上さんがこの店の店長とは思えないほどおずおずとした物腰で珈琲を淹れている。珈琲サイフォンの操作も食器の取り出し方も、何だか全てがぎこちなくて見ているこちらが心配になってくる。

「技術も接客も、バイトの鈴木くんの方が僕より格段に上なんですよ。彼がいてくれないと、僕は一人では何もできません。冗談抜きで、そのうち彼に店長の座を奪われてしまうかも」

「そんな、そんな」

「彼が以前、本棚の中では並べる本同士にも相性があるということを、言っていましたよね。覚えてらっしゃいます？」

「ええ。大真面目に『本の人間関係』なんて言うものだから、笑ってしまいました。仲のいい本、悪い本、愛し合っている本……」

「そうなんです。うちのカフェには、お客さんがいつもいろんな本を持ち込んでくださるので、本と本との思いもかけない出会いがある。それで、実はこの間、出会ってしまったんです――運命的としか思えない二冊に」

そう言いながら村上さんは、奥の方から二冊の本を取り出して、カウンターの上に並べてみせた。それはいずれも、よく読み込まれた形跡のある文庫本だった。

一冊は、宮沢賢治『銀河鉄道の夜』。紺青の夜空を銀河鉄道の汽車が駆けていく印象的な表紙で、新潮文庫のロゴがあった。

もう一冊は、『プラテーロとわたし』……これは私の知らない本。岩波文庫だった。「ヒメーネス作」とあり、表紙には可愛らしいロバの絵が載っていた。

しかし、村上さんが「運命的な二冊」だと言うからには、どんな曰《いわ》くつきの稀覯《きこう》本が出てくるかと思いきや、どちらも文庫本だとは。

「この二冊が、運命的な？」

「『銀河鉄道の夜』、これは店に出しているものではなく、僕の愛読書なんです。宮沢賢治の中では一番好きな話です。そして、こちらの『プラテーロとわたし』。先日、どなたかがうちの店の本棚に置いていってくださったものなんです」

「私、その『プラテーロ』という本は知らなくて」

「これは詩集ですね。ヒメーネスという、ノーベル文学賞を取った詩人の。ヒメーネスは、スペイン南部のアンダルシアの出身なんです。その美しい故郷の自然や人々のことを、可愛がっているロバのプラテーロに語りかける、という形式で書かれた詩集です」

「じゃあ、この表紙のロバがプラテーロ？」

私が絵を指差すと、村上さんはそうそう、とうなずいた。そして表紙を開き、長い目次をペラペラとめくると、詩の始まる最初のページを示してみせた。


プラテーロはまだ小さいが、毛並みが濃くてなめらか。外がわはとてもふんわりしているので、からだ全体が綿でできていて、中に骨が入っていない、といわれそうなほど。ただ、鏡のような黒い瞳《ひとみ》だけが、二匹の黒水晶《くろずいしょう》のかぶと虫みたいに固く光る。


詩の最初の段落を音読した私は、その言葉の優しさに心を撫でられる思いがした。まだ幼いロバのプラテーロの、綿毛のように柔らかい毛並みに体を包まれ、きらきら光るつぶらな瞳でじっとみつめられているような感じがする。

「とても優しく、温かい言葉でくるまれた詩なんですね」

「いいでしょう？　しかもただの詩じゃなく、緩やかだけど、ちゃんと最後までストーリーがあるんです。実はこれ……僕の婚約者が、生前つねづね、一番のお気に入りだと言っていた本で」

「えっ」

「ある晩、店を閉めてから後片付けをしていて、ふと本棚の中にこの本があることに気づいたときは驚きました。『プラテーロとわたし』がどうしてここに？　誰が、いつの間に持ってきてくれたんだろう?

もちろん、有名な詩人の書いた名作ですから、誰が持ってきたっておかしくはないんです。でも考えすぎかもしれませんが、どうしても運命の巡り合わせを感じてしまいます」

「考えすぎなんかじゃありません。それはきっと……天の配剤《はいざい》です。この詩集を愛読していた真美さんは、さぞ優しくて素敵な方だったのでしょうね」

「どうもありがとうございます」

と村上さんは、神妙な面持ちで言った。

「それで僕は、数日考えた末、こういう結論に至りました——。綺堂先生の製本工房で、この二冊の本を結婚させて頂きたいのです」

「本と本の……結婚……?」

思いがけない言葉に、私は自分の耳を疑った。

「『銀河鉄道の夜』と『プラテーロとわたし』。この二冊は僕にとって、彼女にとって、かけがえのない本なんです。僕と彼女は結ばれることはありませんでしたが、その代わりにこの二つの本を結婚させたいのです。天国の彼女も浮かばれるでしょうし、僕自身も気持ちに区切りをつけることができます。いや、そうしない限り、僕はいつまでも過去を引きずって、一歩も前に進むことができそうにありません。

姪っ子のアキナちゃんが僕のところへ、キノコの瓶を返してくれたことがありましたね。僕ははじめ、それが真美さんの名残りだと思っていたのです——遺髪《いはつ》で編まれたメダルやペンダントのように。でも、そうはならなかった。瓶詰めのキノコは死の名残りで、ただ僕の心の未練とわだかまりを強くしただけだった。

綺堂先生の工房で製本に出会い、僕は『うたかたの日々』を自分自身の手で装《よそお》ってやりました。それで不思議と、わだかまっていた気持ちをいくぶん整理することができたのです。あのとき『思い出を封じ込める力』と言ったのはそういうことです。でも、封じ込めただけではいけない。僕は、その先の人生に進みたい。本の結婚は僕にとって、どうしても必要な儀式なんです。おわかり頂けますか？」

「村上さん……」

どう答えていいかわからず、私は言葉に詰まってしまった。

「お気持ちはよくわかりました。ただ、瀧子親方にお願いするには、村上さんのおっしゃる『本の結婚』というのが具体的にどんなイメージなのか……？」

「実を言うと、僕自身、二つの本を一つにしたいという以上の具体的な希望は持っていないんです。

漠然としたイメージならばこうです。右のページでザネリが『ラッコの上着が来るよ』とジョバンニを囃《はや》し立てているかと思うと、左のページではプラテーロが、陽光をいっぱい浴びた甘いオレンジを前に飛び跳ねている……。夜の香りもすれば、太陽の匂いもする。宇宙であり、アンダルシアでもある。

そういうものを期待しているのですが、大丈夫でしょうか？　この製本、綺堂先生に引き受けて頂けるでしょうか？」

「親方に相談してみます。その二冊を預からせてください」

「難しい依頼だということは重々承知しています。ご無理を言って申し訳ないが、どうかよろしくお願いします」

「安心してください。親方は製本の魔術師なんです。きっと引き受けてくださるはずですよ」

　私は村上さんから預かった二冊の本をしっかりと鞄の中に入れ、家路につくバスへ乗り込んだ。

　本の結婚……。何だか想像もつかないが、瀧子親方ならどんな風に製本するのだろう？　図書館でよくやる合本《がっぽん》のように、二冊の本を一冊にまとめるのだろうか。でも、それだと村上さんの希望とはちょっと違う。希望通りにするには、右に『銀河鉄道の夜』、左に『プラテーロとわたし』が来るように、一度全てのページを解体して組み替えなければならない……。そんなことって簡単にできるのかな？

　つらつらと考えているうちに、バスは花園町の停留所に到着した。私はいつもの習慣になっているスミレのバッジを胸に付け、少し緊張しながらルリユール工房へと向かう。

「こんにちは、親方――」

　と言いながら工房の扉を開けたが、中に瀧子親方はいない。その代わり工房の床の上には、放心状態になった由良子さんがへたり込んでいた。

「由良子さん！」

私は慌てて駆け寄って彼女の肩を抱き起こした。

「大丈夫ですか、どうしたんです」

「祖母が……」

消え入りそうな声で彼女が言う。

「親方に、いったい何があったんですか」

「救急車が来て……病院へ……」

途切れ途切れに口走ると、彼女は眩暈《めまい》を起こしたようにふらつき、そのままガクンと頭を私の方へもたせかけた。


総合病院のベッドの上に、点滴を打たれ口には酸素マスクをつけられた瀧子親方が横たわっていた。元々小柄なおばあさんだと思っていたが、こうして病院の真っ白な広いベッドに寝かされていると、まるで縮こまってしまったように小さく見える。いつも本を触り、カンナや木《き》槌《づち》を握っているはずの頼もしい腕にはいくつも医療用の管がつながれて、皺《しわ》の多い痩《や》せた腕にしか見えない。

脳梗塞だった。今日の昼ごろ作業中に急に具合が悪くなり、お昼を一緒に食べにきた南魚庵さんが慌てて救急車を呼び、病院へ運び込まれたのだという。一時は生死の境をさまよったものの、無事一命は取り止めた。今ではもう意識も回復して、頭はしっかりしているし、思いのほか普通に会話することもできる。しかし……。

「そんなにお通夜みたいな顔するの、よしてちょうだいよ、あなたたち。せっかく助かったのに、これじゃあたし生き返った甲斐がないじゃない」

透明なグリーンのマスクをかぶせられ、苦しそうな呼吸をしながら親方が言う。

「でも、そんなこと言ったって、瀧子《たっこ》親方……」

両目を潤《うる》ませ、ほとんど泣きべそをかきそうな様子で南魚庵さんが声を漏らす。彼も私もすっかりどんよりとした表情で、ベッドの傍らに付き添うことしかできなかった。

左脳の脳梗塞による麻痺の後遺症。それは幸い軽度ではあったものの、これまでのように右手の自由が利かなくなることであり、製本職人にとって命の次に大事なものを失うことを意味していた。それなのに、瀧子親方は一向に弱音を吐くそぶりも見せないのだ。

「メソメソするこたないじゃないの、南魚庵さん。うちには由良子がいるわ。製本の技術でいえば、あの子はとうの昔にあたしを超えてる。今受けている依頼は、全部由良子に引き継いでもらうわ」

親方の気丈な様子に私はほんの少しだけ安心したが、南魚庵さんは俯いたまま顔を上げることができない。

「でも、でも俺には、考えられないよ。もう製本教室が……瀧子親方の製本教室が、なくなっちゃうなんて。俺の魚拓集、出来上がってないのに。まだ教えてもらいたかったこと、いっぱいあるのに……」

「だから、まるであたしが死んじゃったみたいに言うのやめてよね。もう本を作るのは無理でも、手伝ってもらえれば何とか教室は開けるわ」

「本当かい？　俺、何でも手伝うからね。親方のためなら何でもするからね」

「そうこなくっちゃ。じゃあさっそく一つ頼みたいんですがね、あたしの部屋の引き出しに、書きかけの原稿が入った書類ケースがあるでしょ。あれを明日、ここへ持ってきてほしいの」

それは以前話に聞いたことがある、瀧子親方が若い頃に書こうとして途絶したままになっている原稿のことだった。女性製本家を主人公とする、彼女自身の自伝的な物語。未完のまま長年しまい込まれていた小説に、今再び手を着けるつもりなのだろうか。

「きっと神様がこうおっしゃってるんだわ。お前さんはもう製本家としての仕事はやり尽くしてきたんだから、これからは書くことに専念なさいよ、ってね」


入院を終えた瀧子親方は、数日後にルリユール工房のある自宅へ帰ってきた。家の中では手すりに摑《つか》まり、外出時には杖をつき、週に二度は近所のクリニックへリハビリに通うという生活が否応なしに始まった。玄関から二階までバリアだらけの昭和建築だから、急いであちこちリフォームする必要があるが、工事の手配やら助成金の申請やらの面倒事はほとんど南魚庵さんが骨を折ってくれた。そして親方は通院やリハビリの傍ら、工房の机の前で昼も夜も執筆に打ち込むようになったのである。

親方に代わって工房の仕事を一任された由良子さんは、今まで以上に働き詰めるようになった。美しい黒髪やエプロンは、いつも糸くずや革を削った粉まみれで、文字通り身を粉《こ》にして働いている。自分の祖母が倒れたのに何もできなかったこと、病院へ付き添いや見舞いに行くことさえできなかったことに、由良子さんは強い自責の念を抱いているようだった。

そんな彼女のさらなる負担になっては心苦しいとは思いつつも、村上さんから託された依頼の件を、私は由良子さんに持ち掛けた。すでに親方には退院後にお話ししている。引き受けるも断るも由良子さんの判断に委ねようということになっていた。

それで「本の結婚」という言葉を聞いても、彼女は少しも動じることなく、「承知しました。お引き受けしましょう」と淡々と返事をするので、逆に私の方が驚いたくらいだった。親方ですら「何それ？」と面食らっていた依頼なのに。

「本の結婚って、私にはさっぱり思い浮かびませんけど、どうするつもりなんです？」

「少々変わった依頼ではありますが、書物の世界では、全く類例がないわけではないのです。例えば……」

彼女は工房の本棚にある収納箱をいくつか探り、その中からボロ布のように古びた二冊の本を取り出した。

いや、よく見ると二冊ではない。ある本の裏表紙と、別なもう一冊の本の裏表紙が、完全に一体化しているのだ。中身は確かに二冊だが、一枚の裏表紙を共有していてこれらの本は分かち難く結ばれている。

「テート・ベッシュ製本、フランス語で『上下逆さま』という意味です。こちら側の本は、

『新約聖書』。反対側が『聖公会祈禱書《きとう》』ですね」

「聖書なんですか。一体、何のために？」

「この二つの書物が常に共にあるべきだと、注文主である教会の聖職者が考えたからではないでしょうか。それに、こんなものも――」

今度はなんと、四冊もの本を蛇腹状《じゃばら》に結合したものだった。

「コンチェルティーナ装。日本語で言うなら、蛇腹製本といったところでしょうか。中身はユダヤ教の経典です」

村上さんから「本の結婚」のことを聞かされたときは、何だか雲をつかむような話に思えたが、こうして複数の本を結合させた製本が実際に存在するものだったとは。

「でもテート・ベッシュ製本では、二つの本が上下逆さま、しかも裏表逆に結合されているので、依頼人のご希望に反してしまいますね。だから……これです。ゲート製本」

それは二冊の本を真横に並べ、背表紙をひとつなぎにした革装本だった。したがって今までのパターンとは逆に、厚みは一冊分の本と同じだが幅は二冊分に広がっている。

「これなら同時に二冊の本を、右と左に並べて読むことができます。このゲート製本法をモデルにしようと思うのですが。少々厄介なのは、この二冊の本のページ数が違うことです。『銀河鉄道の夜』は二八八ページ、それに対して『プラテーロ』は……」

「三九〇ページです」

「ですから、一〇二ページの差を、何らかの形で埋めなければならない。それについては、技術で解決することにしましょう」

南魚庵さんの魚拓集が完成したのは、由良子さんが「本の結婚」の作業に着手してから間もない頃だった。

＊

釣り堀が開業して以来の、全ての魚たちの記録が綴られたその魚拓集は分厚く、時間の重みと庵主さんの深い思い入れを感じさせるものだった。今では数少なくなった常連客も、釣り堀へ来るたび魚拓集をめくって、庵主さんと一緒に昔の思い出に浸っている。

「いい本ですね、これ。魚への愛が伝わってきます」

「これで俺、どっちにしたってもう何の悔いもないよ。畳むにせよ、残すにせよ……。とにかく、今年一杯はやれるだけやって、春には結論を出す。仮にやめることになったとしても、何とかこの釣り堀を引き継いでくれる人を探すさ。埋め立てられて、妙なビルが建って、なんてことだけは絶対に避けたいからね」

すがすがしい顔で庵主さんは言った。

その晩私は、このアパートへ越してきて以来ずっと押し入れの中にしまい込んでいた段ボール箱を取り出し、恐るおそるその封を開けた。中からはあの、いつも肌身離さず持ち歩いていたためにボロボロになった『ポケット六法』が出てきた。

私はしばらくその本を前にして、怖気《おじけ》づいたように身動きが取れなくなっていたが、やがて大きく息を吸い込むと、こう決意した。

——この本をルリユールしなければ。私自身の手で。

翌日から、さっそく作業に取り掛かった。瀧子親方が今は原稿執筆に集中しているおかげで、工房の作業スペースには十分な余裕があり、由良子さんの傍らで私が作業していても邪魔にはなりそうになかった。むしろ、不自由な体になってしまった親方は、なるべく私か南魚庵さんが工房にいてくれることを歓迎したので、私はもうあまり遠慮することなく、仕事へ行く以外はほとんどルリユール工房へ通い詰める生活となった。

しかし、そんな恵まれた環境とは裏腹に、『ポケット六法』を革の上製本に仕立て直すという私の製本計画は、初《しょ》っ端《ぱな》から困難に直面していた。

まず、ほとんど取れかけている表紙を剝がしたあと、本文をプレス機にしっかりと挟む。それから歪《ゆが》みを直すために本の背を木槌で叩いていくのであるが、カンカンと叩いているうちに目からボロボロと涙がこぼれてきてしまった。自分でもなぜ、涙を流しているのかわからないのだが、まるで私自身の背中を叩きつけているようで。

「ちょっとちょっと、まふみさん、どうしたの？」

と心配した親方が、不自由になった右足を引きずって来たほどだ。隣にいた由良子さんは、例の「婚姻製本」の作業に没頭するあまり、親方が声を掛けるまで私が泣いているのに気づかなかったという。

ページの折れを伸ばすため、全ページにわたってアイロンを掛ける作業も苦行に等しかった。かつて自分が真剣に書き込み、あちこちに線を引いたページの全てを目の当たりにすることになるわけで、直視できずに何度やめたいと思ったことか。

そして製本作業を始めたその日から、工房で聞こえる数々の物音が、もはや以前と同じような心地よい音として私の耳に響かなくなったのである。

紙をめくる音は神経質な乾いた音に。

刷毛《はけ》で糊を塗る音は、べたついて気持ちの悪い音に。

モロッコ革は生臭い嫌な臭いがする。革を漉《す》くのも嫌な音がする。

木槌、金槌の音は、まるで自分の身体に杭を打たれているような気分になる。

折丁《おりちょう》をみしみしと引き剝がす時は、皮剝ぎの刑にでもあっている感覚。

かがり台は本の磔刑《たっけい》台のようだ。いや、製本工房自体がまるで本の墓場から遺物を引きずり出してきた死体置き場で、その亡骸《なきがら》を手術台の上でばらばらに分解し、糸と膠《にかわ》で接合し、うわべだけ美しく豪奢《ごうしゃ》な衣装を着せているように思えた。

私は由良子さんの製本にさえ、いささか疑問を感じるようになっていた。彼女の方法は、瀧子親方のやり方と全く違う。親方は何よりも依頼人の話にじっくり耳を傾け、本に込められたその人の思い出や人生までも引き出そうとしたけれど、由良子さんはそもそも依頼人と対面すらせず、「本」という物質にしか関心がない。村上さんの件にしても、私が話した亡き婚約者とのいきさつをどの程度覚えているのか疑わしい。

それでも、由良子さんの作り出す本には確かな美しさがあるのだが、今回はその肝心な点において私は拭い切れない不安を抱えていた。というのは、彼女が最初に見せてくれた古い実例――あのテート・ベッシュ装、コンチェルティーナ装、ゲート装というものが、決して美しいものには見えなかったからである。確かに高度な技術かもしれないが、果たしてそれに見合うだけの美しさがあるのだろうか？　美というよりはむしろ異形と言ったほうがよく、これで村上さんが望んでいるものは完成するのだろうか……。

以前はあんなにも心地よく響いていた音が、今や不協和音をもたらすにつれ、私の心身の状態は日に日に悪化した。学校の図書室では事務的なミスを繰り返し、自分の製本は遅々として捗《はかど》らず、ゴミ回収の日に生ゴミを出しそびれたりした。大事な書類を書き間違えたり、何度やっても図書購入費の計算が合わなかったり……。その度に私は、どうしようもなく自分が嫌になった。


「あんまり根を詰めちゃダメよ、まふみさん。あたしはそろそろ二階へ上がりますからね。由良子も大概《たいがい》にして、早く寝なさい」

ある晩親方がこう言うと、由良子さんはすぐさま手元の道具をざっと片付け、親方の手を引いて階段まで連れていった。最近階段に設置されたばかりの電動の昇降機の椅子に親方を座らせると、ゴゥーンという音と共に上がってゆく。以前は親方がもう寝ると言っても、由良子さんは作業に没頭したまま振り向きもせず「おやすみなさい」とだけ小声でつぶやくのが常だった。

「ああ、もういいわよ、勝手に上がってってくれるから。のろいけど」

「最後まで見守らないと気が気ではありません。『身を乗り出さないでください』と大きく注意書きがあるのに、どうしていつも無視するのですか」

「だって面白いんだもん。階段をゆっくり横向きに上がるって、これまでやったことないから新鮮よ。でもそのうちすぐ飽きるわね……。ねえ由良子、そっちの壁をギャラリーにするのってどう？　写真や版画を飾って、いい感じにライトアップして、毎月ガラッと入れ替えたり――」

「お願いですから、身を乗り出さないでください」

はしゃぐ親方とたしなめる由良子さんの声が、階段の上へ上へ、昇降機の電動音に少しずつかき消されていく。

二人のいなくなったルリユール工房に、私はたった一人で残っていた。

誰もいない。書物だけが、密やかに眠っている。

(あなたの美しい姿――もう一度、見せてくれませんか？)

書架《しょか》の上をなぞっていた私の手は、『菫《すみれ》の花の片隅で』の背表紙に触れて止まった。震える指先で、本を手に取る。はやる気持ちを抑えつつ函《はこ》を開けると――やはり、スミレだった。函の中はスミレの花と香りで満たされていた。

そればかりではない。まるで泉から清水が湧くように、花園の天人が口から花を吐くように、本を納めた函の底から絶え間なくスミレの花が生じてきて、ついには外へ溢れ出てしまう。私は函から本を取り出して中を開いた。すると、偶然最初に開いたページ番号の、

（一七……一八……）

という数字が宙に浮かび上がる。大気の中に見える。その数字の一つひとつに、異なる種を思わせるスミレの香りがした。一五〇ページあるこの本は、したがって、一五〇通りものスミレの香りを、次々と立ち現せたのである。

工房は花園のようだった。部屋は床から天井までスミレの花で埋め尽くされ、息もできないほどの香りが充満していた。窒息寸前の朦朧《もうろう》とした意識の中で私は、もはや自分が花に圧《お》し潰《つぶ》されているのか、それともこの体が一五一番目のスミレの花に変化しようとしているのか、わからないくらいだった。

それでも私の手は、『菫の花の片隅で』をしっかりと握りしめていた。私は本に触れ、本を撫で、本の肌理《きめ》を指先で確かめた。

（お願いです、答えてください――）

この堅牢にして美しい函が、あなたの纏《まと》う衣装なのですか。この切り口も瑞々《みずみず》しい小口《こぐち》が、あなたの髪なのですか。この本があなたの体？　これがあなたの白い肌？

あなたは花に満たされている。スミレの香りに満たされている。あなたは美しい――。

気がついたときには、私は工房の冷たい床の上に倒れていた。

スミレの花と香りは、もう跡形《あとかた》もなく消え失せていた。花園の痕跡も、残り香さえも。あの凜としたスミレ色の本を心のよすがとして、明日も製本を続けるしかない――私はそう考えた。胸元のスミレのバッジを指先でまさぐりながら。

*

束の間の秋は過ぎ、リーブル荘に面した南魚庵の釣り堀は日に日に長い冬の影で覆われるようになった。外の風が冷たくなればなるほど、古びた工房内の空気はますますヒリヒリとしたものになっていく。

しかしそんな厳しい寒さの中でも、由良子さんは靴下も靴も履こうとせず、相変わらず素足のままで一日を過ごした。脳梗塞の後遺症を抱える瀧子親方の体に、工房の寒さは良くないというので、親方は二階の自室で明け暮れ執筆をするようになっていた。

そんなある日、人の出入りの途絶えがちになっていたルリユール工房に、珍しく客が訪れた。それは、以前から白紙の小説を持ち込み続けているあの青年だった。その細い体にはいささか大きすぎる紺色のダッフルコートを着て、鞄を斜め掛けにしている。彼は鞄の中から大判の封筒を取り出してみせた。

「この小説を、製本していただきたいのですが」

「はあ……」

封筒の中身を取り出すと、それは予想に違わず、例によって十数枚の白紙の束であった。

「かしこまりました。お預かりしておきます」

「それで、最後です」

「えっ？」

「この第十三章が、最終章なんです。もうこれで、終わりだなという確信が持てました」

どういうことなのか理解できないまま、私はもう一度手元の原稿を見直した。ひょっとして何か薄い字で記号のようなものが書かれていないか、これまでと何か違ったところはないかと目を走らせたが、白紙はどこまでも白紙である。

「これまでの分を、すべて一冊の本にまとめてください。仕上がったものは、この宛先に送っていただけますか。僕の名前は葉室宙《はむろそら》――よろしくお願いします」

「はむろ、さん……」

青年は早くも椅子から立ち上がり、帰り支度を始めている。

「あの……」

私が声を掛けると、「何か？」と言いながら青年は振り返った。

「一つだけお尋ねしてもよろしいでしょうか？」

「ええ、構いませんけど」

「どうして、この工房をお選びになったのでしょうか」

しばしの沈黙のあと、彼はこう答えた。

「偶然――だと思います。もともと僕、こちらには墓参りにやって来たんです。この近くの墓地に祖父の墓があるので。散歩がてらこの辺りをうろうろしていたら、いつの間にかこの工房へたどり着いていたんです。まるで何かに引き寄せられるような、不思議な感じでした。すると、この世のものとは思えないほど美しいスミレ色の本が飾られていて……。『それは由良子さんという若い製本家が作ったんだよ』って、バンダナをした親切そうな髭の男性が教えてくれました。それで、自分の小説を本にしてもらえたらと思って」

「そうだったんですか」

「長い間、どうも、お世話になりました」

青年は深々と頭を下げて礼をし、私もそれに合わせて頭を下げた。彼が工房の扉を開けて表へ出た瞬間、真っ白な息を湯気のように吐き出すのが見えた。

＊

その翌日の夕方、小学校での勤めを終えてアパートに戻ってきた私は、ルリユール工房を覗《のぞ》いてみて、珍しく工房の中に誰もいないことに気づいた。

（あれ？　由良子さん、間仕切りの中にもいない……）

少し心配になって、辺りをキョロキョロと見回した。特段いつもと違うところはないように見えたが、よく見ると作業台の上に一冊の真新しい本が置かれている。

それは灰色の厚紙と鮮やかな赤い綴じ糸で装幀された、シークレット・ベルギー装の本だった。しかし、表紙にも背表紙にもタイトルがない。著者の名前もない。本というより、むしろ上質なノートのようだ。

（まさか、葉室くんの小説？）

そう思いながら本を開いてめくってみると、中は白い無地の紙で、ますますノートのように見えた。しかし、十数ページおきに「第何章」と書かれた章扉が挟まっており、それは第一章から第十三章まで続いていた。

間違いない。あの白紙の小説である。本来奥付《おくづけ》が載るべき最終ページには何も書かれておらず、ただ「ルリユール工房」の小さな印だけが押されていた。

私がその本に見入っていると、二階からふらふらと由良子さんが降りてきた。元々青白い顔がすっかり青ざめ、精根《せいこん》尽き果てたような疲れ切った面立ちをしている。

「おはようございます」

「もしかしてこの本、徹夜で仕上げたんですか」

「ええ」

「由良子さん、あまり寝てないって感じですよ。もうちょっと休んでいても――」

「寝ようとしましたが、目が冴えて眠れないので」

作業台の脇に置かれていたマグカップを手にして、もうすっかり冷め切っているコーヒーの残りを彼女は飲み干した。たぶん昨夜の徹夜の名残りなのだろう。

「これ、びっくりしました。いつも長い時間をかけてじっくり本を作るのに、一日で出来てしまうなんて。村上さんの本で忙しそうだし、てっきり数か月は先になるものかと」

「いつもならそうします。けれどもこの本の依頼人は、きっと急いでいるに違いない、と思ったので」

急いでいる？　それはまた妙な話だ。十五歳の頃から悠長に五年間にもわたって、原稿を少しずつ持ち込み続けていた青年が、今更どういう理由で急ぐ必要があるというのだろう。

「この五年間、彼はきっと書くべき言葉を求めながらも、小説を書きあぐねていたのだと思います。『もうこれで最終章にします』ということは、つまり、その書くべき言葉がやっと見つかったということではないでしょうか」

「書くべき言葉……」

「何の先行きも見えず、目に見える成果を上げることも報われることもなく、ただただ毎日を積み重ねてゆく中で、あるときふと、それが稲妻《いなづま》のように降りてくる一瞬があるのです。

かく言う私も、十五歳で世間との交わりを断ち、ただひたすら本を作る日々を送りながら、何年目かのある日にその片鱗《へんりん》を味わっただけなのですが、しかしひとたび稲妻に打たれると、自分が今何をすべきなのか驚くほどはっきりわかるのです。

まるで、私自身の脳の回路が組み変わり、作るべき本の設計図が頭の中に埋め込まれたかのようです。この手がそのままナイフになり、定規になり、ルレットになったかのよう。私の指先は針になり、まるで蜘蛛《くも》が糸を吐くように、爪の先からいくらでも丈夫な細い糸が出てきて、ページを縫い合わせることができます。

それだけではありません。紙も、革も、花布《はなぎれ》も、すべてが私自身の一部なのです。私は生まれ変わるために、一度自分自身をばらばらに解体する。かがり台の上で磔刑《たっけい》に処し、その身体を縫い合わせる。石板の上に置かれている革は、山羊《やぎ》の革でも、牛や鹿、仔羊の革でもなく、私自身の皮膚なのです。

したがって革に施す装飾は、私には刺青《いれずみ》と同じこと。人間の肌の美しさを知り抜いている彫り師が手にかけた刺青には、どんな名画にも及ばない凄惨《せいさん》な美しさがあります。竜が、鳳凰《ほうおう》が、孔雀《くじゃく》が、ぜいぜいと苦しげに息をしている……人間の皮膚の上で。私は革と紙の息遣いを感じながら、その上に金や銀の箔《はく》をあて、ルレットや花型をあてて、最も美しい刺青を彫るのです。自分自身の肌に鏝《こて》をあてるようなものですから、なんと辛く苦しいことか。

しかし、私にはもう、その彫るべき文様《もんよう》が見えているのです。下書き一つしなくても、革の上にそれが見え、ルレットをあてれば後はそれを苦痛に耐えながらなぞっていくだけなのです。そのようにして、この世にあるべき本が、あるべき姿のままに完成します」

私はただ、由良子さんの言葉に圧倒されながら聞き入っていた。彼女がこんなにも、自分自身の製本について語るのは、まったく初めてのことだった。

「ですから、長年書きあぐねていた彼のところへ、ある日突然、書くべき言葉が降ってきたのだとしても、それは少しも驚くに値しません。その日を境に、これは単なる白紙の紙束から、『完成されることを待ち望んでいる本』に姿を変えたのです。

この五年間、彼はずっと最良の言葉を探していたのでしょう。そして、おそらく一日にしてその設計図ができた。だからこの本は一見白紙に見えて、実はもうほとんど完成しているも同然なのです。彼の目にはきっと、どのページも下書きで埋め尽くされているように見えるでしょう。あとはただそれをなぞっていくだけで、彼の指先そのものがインクの溢れるペンになり、この作品は完成するに違いないのです」

「葉室さんはこの本のページを埋めるように小説を書くということですか？」

「その通りです。彼の頭の中は今頃、言葉で溢れて飽和状態になっているはずです。だから私は一日で、この本を仕上げました。今すぐにでも必要としているはずですから、一刻も早く彼のところへ送ってあげてください。できれば、今すぐ郵便局へ行って――」

「えっ、今？」

「ご迷惑なのはわかっています。でもこれだけは、我儘《わがまま》を言うようでもお願いしたいのです」

由良子さんに頼まれた通り、私はすぐに本を梱包すると、中央郵便局に向かうため、自転車で木枯らしの吹く坂道を下り始めた。

寒さに震えて自転車をこぎながら、私はずっとこの不思議な本のことを考え続けていた。

（わからない。考えれば考えるほど、余計に……）

私にはどうしても理解できなかった。果たして由良子さんの言う通り、この白紙の本が届けば、本当にあの青年は小説を書けるようになるのかどうか……。

頭が一杯になっているうちに郵便局に到着した。

用事を済ませてリーブル荘に戻った頃には、辺りはもうすっかり暗くなっていた。吹く風はますます冷たくなっている。私は首元にマフラーをしっかりと巻き直しながら駐輪場に自転車を停め、鍵を掛けようとした。すると、近くの路上に、見覚えのある銀色の車が駐車しようとしていることに気づいた。

（この車どこかで……。あ、榊先生の！）

確かにこれは、小学校の裏手の駐車場で見かける榊先生の車だった。以前、帰りが遅くなって真っ暗になったときに「送りましょうか？」と言ってくれたのでよく覚えている。もちろん「近くですから」と丁重にお断りしたのだけれど。しかし、なぜここに榊先生が？

車のエンジン音が止まったので、私はとっさに駐輪場の物陰に隠れて様子をうかがった。ドアが開き、中から黒いコートを着た榊先生が出てきた。胸元に軽く手をやると、榊先生はポケットから何かを取り出して上着の胸元に付けた。

傍らを通過する車のライトに照らし出されたそれは、きらりときらめいた——小さなスミレのバッジである。私が由良子さんから貰ったのと似ているようで違う、黒い二本のスミレが絡まるバッジ。

（どうして榊先生が、スミレのバッジを？）

ただでさえ動揺しているのに、榊先生が助手席から小ぶりな花束を取り出したのを見て、思わず「あっ」と声が漏れ出そうになるのを抑えなければならなかった。

明かりがついている一階のルリユール工房の扉を、特にためらう様子もなく開けて榊先生は中へ入っていった。

呆気《あっけ》にとられてそれを目撃しながら、私は急に（……帰ろう）と思って自転車をスタンドから外したものの、自分の家はここであることに気づいて元に戻したり、そうっと入り口のほうへ行こうとして慌てて引き返したりと、いくらか無意味な動作を繰り返した後、裏手の南魚庵の方へ回った。

釣り堀はもうとっくに閉められていたが、郵便ポストの中に鍵が入っていることを私は知っていた。

（ごめんなさい……庵主さん）

心の中で謝ると、そっと木の引き戸を開けて誰もいない釣り堀の中へ入った。リーブル荘の一階と釣り堀の間には木立が茂っているが、そこはちょうど身を隠すのに都合が良かった。私は木の陰に隠れながら、窓ごしに工房の中の様子をそっとうかがった。

工房で由良子さんと榊先生の二人は向かい合って腰かけていた。和やかに会話をしているようだった。テーブルの上には、先ほど榊先生が持っていた花束が置かれている。紫がかった美しいトルコ桔梗《ききょう》だった。そして胸元には、漆黒《しっこく》のスミレのバッジがつややかにきらめいていた。本や原稿の相談をしているような様子もなく、製本の客として榊先生がここを訪れているのでないことは明らかだった。

（榊先生は、由良子さんの特別な友人？　それとも、あるいはそれ以上の間柄にある人だったなら……）

考えても埒《らち》もないことを、私は混乱した頭で考え始めた。

何も、彼女に親しい人のいることが悪いというわけではない。だが、極度の人見知りで引きこもって暮らしていながら、こんな風にこっそりと秘密で誰かと会っていたということが、私にはショックであったし、裏切られたような気持ちにすらなった。

それに、あのスミレのバッジ……。

私は自分のコートの下に手を差し入れて、上着に留めてある双子スミレのバッジの、ひんやりとする感覚を指先でまさぐった。

ふと、由良子さんが美しいトルコ桔梗の花に顔を近づけ、うっとりしたような微笑をもらす。それを見た私は動揺して、思わず手に抱えていた鞄を落としてしまった。

ドサリ、というその物音に反応して、由良子さんが窓の方を振り向く。慌てて木の陰に身を隠したが遅く、一瞬だけ完全に目と目が合ってしまった。

(どうしよう……。もうだめ……)

しゃがみ込んで植栽の後ろへ隠れながら、私は絶望的な感情に襲われていた。

由良子さんに姿を見られてしまった。私が部屋の中を覗き見していたことが、彼女に知られてしまった。

これでもう、由良子さんの信頼を失って、今まで築いてきた関係は台無しになってしまうだろう。これからは工房には来ないで、などと言われてしまったら……。

工房の窓が慌ただしく開いた。中から身を乗り出しているのは榊先生で、手に懐中電灯を持って裏庭や木立の辺りを照らしている。

「誰かそこにいるんですか？」

緊張と警戒に満ちた声で先生は言った。私は、咽喉《のど》から心臓が飛び出しそうなほどどきどきしながら、いつ正直に姿を現すべきかと、そのタイミングを計りかねていた。

「見たんです、確かに……」

と、由良子さんの怯えるような声。

「本当に、知らない人だったのかい？」

「ええ」

「南魚庵さんとか、中島さんじゃないの？」

「知らない人だと思います」

それを聞いた私は、危うくまた鞄を落としそうになるほどの衝撃を受けた。

知らない人？

うそ……。だって私、たしかに由良子さんとはっきり目が合ったのに……！

「怖いわ……」

「どうやら行ってしまったようだが、安心はできないね。何かあっては大変だから、もうしばらくここにいることにしよう」

そう言いながら、窓は再び閉じられようとしていた。私はもう情けなくてたまらず、後先のことなど何も考えられずに、

「待ってください」

と叫んだ。唐突に茂みのうしろから姿を現した私を見て、由良子さんも榊先生も仰天した。

「私です。工房に榊先生がいらっしゃるのはわかっていましたが、お邪魔になるかと思い、ここから中の様子をうかがっていて……。

失礼なことをしてごめんなさい。だから、この窓から見ていたのは私なんです。由良子さんと目が合ったのも私なんです。知らない人なんかじゃないんです……!」

ほとんど涙目になって訴え謝罪する私の姿を、二人はただ茫然と眺めていた。

すると、由良子さんは震えながら首を横に振ったかと思うと、踵《きびす》を返して、工房から二階へと続く階段を駆け上がった。

「由良子さん!」

と叫びながら、榊先生がそれを追いかける。私も慌てて工房の入り口に回り、中に飛び込んで二階へ上がった。

二階の彼女の部屋の前では、内から鍵を掛けられたドアを榊先生が必死になって叩いていた。

「由良子さん! 由良子さん」

何度も彼女の名を呼びながら、私も懸命にドアを叩いたが、ドンドンという虚しい音が廊下に響くだけであった。榊先生はドアを叩くのをやめ、額に手を当てながらため息をついたかと思うと、

「……中島さん」

と険《けわ》しい表情で私の方を見据えた。

「少し、彼女を一人にしてやった方がよさそうだ。ちょっと、あなたに話があります」

「どうして榊先生はここに？」

「僕は——彼女のカウンセラーですから」


一階の工房のテーブルで、私たちはぎこちなく向かい合った。私はコートを脱いで座り、お互いに胸元に見えるスミレのバッジへ、チラリと目をやる。すぐに視線を外すと淡い紫色のトルコ桔梗の花束が存在感を放っていた。

「あれは僕が新米のスクールカウンセラーとして働き始めた時のことでした。当時中学三年生で不登校になっていた由良子さんを訪問したのが最初で、それ以来、もう十年以上の関わりになるでしょうか。彼女は外出がままならないので、僕の方が定期的に訪れて話を聞いています。今日もそのためにこちらへ伺ったのですが」

「榊先生は、私と由良子さんが親しくしていることをご存じだったのですよね？　それなのになぜ、私には何も言ってくださらなかったのですか」

「それは……」

榊先生は深刻な面持ちで眉をしかめ、片手で頬杖をついた。

「教えてください。どういうことなんです？」

先生は顔を上げると、私の方を正視してこう言った。

「守秘義務があるのです。しかし、こんなことになってしまった以上、あなたにはお伝えするしかありません。彼女は——相貌失認《そうぼうしつにん》を患《わずら》っているんです」

「そうぼう……しつにん……?」

耳慣れないその言葉を、私はただたどしく聞き返した。

「つまり、人の顔の区別がつかないんです。目の前にいる他人が誰なのか、知り合いなのか、それとも見知らぬ人間なのかもわからない。

十二歳のとき、彼女がご両親を交通事故で亡くしたのはご存じですね。一家は同じ車に乗っていたが、由良子さんだけが助かった。しかし、どうやらそのとき頭部に強い打撃を受けた後遺症で、相貌失認を発症したものと考えられます」

人の顔の区別がつかない? 知り合いの顔でさえも? 榊先生の言っていることが、私にはにわかに理解できなかった。

「まさか、そんなことが……」

「例えばあなたが庭先でスズメの群れを眺めているとして、一羽一羽のスズメの見分けがつきますか」

「いいえ、無理です」

「そういうことが人の顔についても起こっている、と考えれば、少しは想像がつくでしょう。もしここに僕と同じくらいの背恰好のサラリーマンがいたら、彼女にはおそらく見分けがつかない。テレビをつけても雑誌をめくっても、有名人やタレントの顔がわからない。男か女か、若いか年寄りか程度の区別はつくが、それすら心許ないこともある」

「じゃあ、由良子さんは、私の顔を覚えていないと？」

「そういうことです」

「でも、由良子さんとは毎日顔を合わせて、普通に挨拶したり、会話をしたり……」

「あなたはそういうつもりかもしれないが、彼女はそんな風に認識していませんよ。彼女が見ているのはあなたの顔ではなく、服装や髪型、背恰好……それに、何よりもスミレのバッジです」


——スミレのバッジを付けている人を見ると、安心します——

——これからもこの工房にお越しになるおつもりでしたら、そのスミレのバッジを身に付けて頂けますか？——

——決してなくしたりしないでください——


初めてバッジを手渡されたときの由良子さんの言葉が頭の中に甦《よみがえ》る。

「じゃあ、由良子さんは、このバッジを目印にして……」

「だから、彼女がこの工房から一歩も出ることができないのは、相貌失認が根本的な原因なのです。人の見分けがつかないせいでコミュニケーションが成立しないこと、そして自分の病気を誰かに知られてしまうことを、彼女は極端に恐れている。その上彼女は、自分自身の顔すら把握することができません」

「えっ、自分の顔を？」

「鏡を見ても、そこに漠然と誰か女性の姿が映っているだけで、それが自分であるという確証が持てないのです。夏だろうと冬だろうと、彼女があのチョーカーをいつも首に巻いているのを知っているでしょう。あれは、ただのアクセサリーではないんです。

　ああやって常に自分の身体に纏《まと》わりついているものがないと、彼女は自分自身を見失ってしまう。窓ガラスやよく磨かれた金属板に自分の姿が映った瞬間に、どうにもならない不安と絶望に襲われて……」

　工房の中にも、私室にも、洗面所や風呂場にさえも、この家に鏡が見当たらなかった理由を、私は今悟った。頭の中で大きな鏡が粉々になり、その割れた破片の中で由良子さんの顔もまた、バラバラに砕け散った。

「でも瀧子親方からは、こんな話は一度も聞いたことがありません。親方や南魚庵さんから教えられたのは、由良子さんがずっと引きこもっている、対人関係が苦手で人前に出られない、ということだけ。どうして？　こんな重要な話を……」

「それは――」

　と、榊先生は眉間の皺を深くした。

「決して他人に知られたくない、というのが彼女の強い希望だからです。相貌失認の患者が生きやすくなるためには、本来周囲の理解と協力が不可欠です。学校ならば全生徒と教職員に周知し、初対面の人への自己紹介にもその説明を盛り込む必要があります。

しかし由良子さんは、どうしても嫌だと言った。それはあらゆる他人に自分の弱みをさらけ出し、相手の善意を期待して生きることになるからです。その点、彼女は他人というものを信用していなかった。

小学六年で事故に遭ってから中学三年生になるまで、担任にもクラスメイトにも一切病気のことは告げず、悟られないように生活してきたのです。驚きましたが、学校では全員名札を付けているので最低限の会話で何とかやり過ごし、あとは家に閉じこもるだけだと。友達は一人もできませんが、『そういう子』として扱われ、憐憫《れんびん》や嘲笑《ちようしよう》の対象になることのほうが彼女にはよほど耐え難かったのです。

知られたくないと本人が望む以上、僕たち大人は彼女の門番《ゲートキーパー》になることを決意しました。もちろん、僕は悩みました。何度も何度も、本当にそれでいいのかと自問しました。しかし、この子は人の顔が覚えられないとわかると、よからぬことを企む悪人もいるのです。それを考えただけで――」

言葉を詰まらせ、固く握りしめられた先生の拳には、青白い血管が浮き出ているのが見えた。

「だから、本当に信頼できそうな人にだけ何か目印になるもの――名札というわけにはいきませんから、珍しいピンバッジを付けてもらうことになりました。それがスミレのバッジ。南魚庵さんだけは魚のですが、元はといえば僕の私物なんですよ」

「えっ？……あ、もしかして、相談室のあの星座ポスターの……変な魚！」

「それです。以前の学校から貼っていて、みずがめ座の足元にあるみなみのうお座の一等星の位置にバッジを刺していました。今は痕を隠すために上からピンを打っていますが」

ピンが留まっていることには気づいたが、それが何の星で、何を意味しているのかなど思いもしなかった。もし私が星座についてもう少し知識があれば、あの時点で由良子さん・榊先生・南魚庵さんの三人を線で結ぶことができたかもしれなかったのか。

「これまで黙っていて、中島さんには本当に申し訳なかった。どうか、わかってあげてください。そしてこれからも、病気の件には触れずに彼女と接してもらえませんか」

「ええ、もちろん私にできることなら何でもしてあげたいです。でも、そういうのはちょっと苦手なんです。腫《は》れ物扱いみたいな……」

「わかっています、欺瞞《ぎまん》と思われても仕方がないということは。しかし、由良子さんは病気を持つ自分をいまだに受け入れることができません。彼女が許せないのは他人でも世の中でもない。最愛のおばあちゃんの顔さえわからなくなってしまった自分自身なのです。だから中島さん、今はどうか由良子さんの気持ちに寄り添ってあげてください。あなたを信頼して打ち明けたのです。由良子さんが一番の信頼を置いているあなただからこそ」

胸がすっかり塞《ふさ》がる思いだった。もはや返す言葉は何もなく、私は榊先生に向かってうなずくと、あとはただ深く頭《こうべ》を垂れるばかりだった。

＊

重苦しい日々が続いていた。

あの日の夜遅く、由良子さんはやっと私室から姿を現した。それで榊先生の言う通り、このことは誰にも絶対に喋らないという約束を交わしたあとは、それ以上病気には触れないように努めているものの、私たち二人の関係はもう今まで通りというわけにはいかなかった。

由良子さんは再び、一日じゅう間仕切りの中へこもるようになってしまった。越えることのできない一枚の壁で、こちら側と向こう側を断絶されているようだった。私たちは時折、最小限の事務的な会話を交わすのみで、工房は薄ら寒いほどの沈黙に包まれていた。

憂鬱な仕事の帰り、気散じにトーカ館に立ち寄ると、

「お願いした本は順調でしょうか？」

と村上さんから期待を込めて尋ねられ、しかし、

「はあ、もう少しかかりそうで……」

と曖昧な返事でごまかすしかないのが、何とも悲しかった。

そのカフェの本棚でたまたま手に取った、矢坂蘭《やさからん》という女性作家のエッセイ集を読んでいると、その一節に驚くべきことが書かれていた。蘭は高校時代、しばしばクラスメイトの顔の区別がつかないばかりか、ある時ついに教師と生徒を取り違えて、同じクラスの男子生徒相手に「おはようございます、先生」と敬語で話しかけてしまったという。それ以来クラス中の笑いものになり、とうとう登校することができなくなった……というのだ。

私は胸が痛くなった。鞄の中に入っていた手持ちの文庫本と交換に、そのエッセイ集を家に

持ち帰り、布団の中で何度も読み返した。
きっと、同じような経験を由良子さんもしたのだろう。苦しくて、でもみんなに笑われて、誰にも理解してもらえなくて、どんなに辛く悲しい思いをしただろう……。

結局、村上さんに依頼された製本は完成することのないまま、年末の足音が聞こえる時期を迎えることとなった。今、由良子さんが工房の奥で毎日何をしているのか、あの本が一体どうなっているのか、何一つわからずじまいだった。私は、日に何度も壁の前に佇《たたず》んで、由良子さんに向かって何か言葉をかけたいという衝動にかられた。それなのに、何も言葉が出てこない。彼女に何と言っていいやら見当もつかない。

私はただ、誰の姿も見えなくなった工房の作業台で、日々黙々と『ポケット六法』の製本に専念し続けた。石板の上でシュルシュルと山羊革を漉く彼女の手つきを思い出しながら、粉と汗にまみれて革を削った。

その週末はひときわ冷え込みが厳しく、「東京地方は曇り、ところによって雨、夜半には雪が降るでしょう」とラジオの天気予報が伝える日だった。
工房はいつにも増して寒さが冴えわたり、沈黙に支配されている。
私は震える手で、アルファベットの活字を小箱の中へ拾い集める。P、O、C、K、E、T、R、P……。そして、集めた活字を一つずつ金属製のホルダーにセットし、金箔を敷いた表紙の上へ、一文字ずつ慎重に押し当てていく。もしここで一つでも間違ったら、この数か月の苦心が水の泡になってしまう。慎重に、慎重に……。

とうとう、最後の一文字「ｗ」を押し終わった。私は窓辺に行き、曇天《どんてん》の鈍い光の中に本の姿を晒《さら》した。

POCKET ROPPO : Compendium of Japanese Law

茶色の革表紙の上に、金箔の文字列が静かにきらめいていた。裁断された小口は美しく、新品のように真っ白に見える。けれども中を開いてみると、それはまぎれもなく私の本。九年間というもの、常に傍らにあり、私の人生の困難と苦しみを見守ってきた本。

日はたそがれて夕方になり、空から灰色の幕が下りてきた。

本を手にした私は、間仕切りの壁の前に立つ。

（とうとうできました。私の本――）

しかしその言葉は、うまく口から出てこない。声を出そうにも、今の私にはその力すら残っていなかった。私は扉を背にしてぺたりと床に座り込み、体育座りのように膝を抱えた。そしてそっと瞼《まぶた》を閉じる――。

気がつくと、私は誰もいない図書室にいた。花園小学校の、小さな小さな図書室に。

しかし、何か違和感を覚えて周囲を見渡すと、書架の本にはどれも題名がない。背表紙に何も書かれていない本が、延々と本棚の中に並んでいる。

（うそ、そんな……。私の好きな本はどこ？　『赤毛のアン』はどこにあるの……？）

次々と本棚から本を引っ張り出して探し出そうとするが、手に取った本はどれも、何もないのっぺらぼうの表紙だった。無言の本棚に囲まれて、私は焦燥にかられている。

図書室の扉の向こうに、区立図書館へと続く渡り廊下が見え、その先に誰かが立っているのが見えた。渡り廊下はトンネルのように長く、暗かったが、その先は異様なほどの明るさで照らされ、光の中に人影だけが見えていた。

（あなた？　そこにいるのは、あなたなの？）

私は書架から離れ、渡り廊下の方へ駆け寄った。しかし、向こう岸の図書館へ足を踏み入れる一歩前で、扉はバタンという大きな音を立てて閉ざされてしまった――。


その大きな音でハッと目が覚めた。

間仕切りの壁に背を向けて座り込んでいた私は、そのとき、背後に何か人の気配を感じた。微かな息遣いが聞こえる。人の温《ぬく》みを感じる。

（もしかして、この扉の向こうに、座っていて……）

「由良子さん？」

扉は口をつぐんだまま沈黙している。

「由良子さん、そこにいるんですか？」

「――ええ」

「ああ……よかった……」

私は深々と溜め息をつきながら、扉に背をもたせかけた。しばらくそうやって、頭も心も空っぽにしたまま、扉に背を預けていた。窓から見える外の景色は、既に暗い夕闇に包まれていた。床の上を、冷たい隙間風が通り抜けてゆく。

「あの日……」

壁の向こう側から、由良子さんが静かに言葉を漏らした。

「あの日私は、何度も『扉』の前へ行ったんです。扉はいつもと違って開かれていて、渡り廊下に続いていた。それはまるで暗いトンネルのようで、その先の小学校の図書室は、明るい光に満ちていた」

「では、由良子さんはやはり、あの時の……」

「私は何度も、扉の先へ行こうとしました。でも、できなかった。見分けのつかない大勢の生徒たちの中から、あなたを探し出す自信がなかったからです。

あなたのことが嫌いで行かなかったわけではないことを、私はあなたに伝えたかった。でも、できなかった。

ごめんなさい。いまだにあなたの顔もわからない私に、どうか失望しないで。私はただ自分が惨《みじ》めになるのが嫌で、何もかもから逃げ続けてきた人間なのです」

「失望だなんて……」

自分の全てをかけて否定したいくらいなのに、言葉が途切れたまま何も出てこない。由良子さんの言葉は凍った刃のように彼女自身に傷を負わせ、私の心にも突き刺さった。彼女の痛みは私の痛みであり、いたわるためにはまず自分の傷口をぱっくりと開かないわけにはいかなかった。

「それなら私も同じです」

「同じ？」

「惨めになるのが嫌で、いろんなことから逃げ続けてきた。もし、由良子さんの立場なら、私もきっとそうしていたと思う。だから責めるつもりなんかないけれど、でも、あの時の自分の気持ちとしてこれだけは言わせてください。

あなたが来てくれなくて、あの日私は悲しかった。正直とても悲しかった。友達だと思い込んでいたのは自分だけだったんだ、って、何だか落ち込んで……」

「ごめんなさい。悲しませてしまって、本当にごめんなさい……。

でも、違うのです。それは、そうじゃないのです。なぜなら、あなただけではなく、私……私も……」

扉の向こうで彼女の言葉は途切れがちになり、声が次第に小さくなっていった。

「友達に、なれたらいいな、と思っていたから。まふみさんのこと……」

（ともだち……）

彼女の口からその言葉がこぼれた瞬間、私は胸が一杯で何もわからなくなった。「ともだち」という字もわからなくなったし、自分に名前があるのかないのかもわからなくなって、彼女の発した「まふみさん」という音が、遠い国の知らない言葉であるかのようにさえ聞こえた。

「今からでは、もう――遅すぎますか？」

「え？」

「ずっと気になっていたのです、あの日のことが。今からでも、扉の先へ行くことは……できませんか？」

「はい、私、待ってます。今でも、小学校の図書室で待ってますから、その扉を開けて、もう一度私に会いに来てください」

しばし、沈黙が支配した。

私は床に座り込んだまま、膝を抱えて固まったように待っていた。友達と呼ばれた勢いであんな風に言ってはみたものの、何だか変に思われてしまったのではないか、もしこのまま彼女が扉を開けてくれなかったらどうしよう、と漠然とした不安が襲ってきた。

が、ギィ……という微《かす》かな扉の軋《きし》みが聞こえたので、慌てて私は立ち上がった。

「扉」がゆっくりと開く。

開いた扉の向こうに、立ちすくむ由良子さんの姿が現れた。ドアノブに手をかけながら、彼女はまだ一歩を踏み出すことをためらっている。

彼女の顔を見て、私が静かにうなずく。たどたどしい足取りで由良子さんはそろそろと歩き、間仕切りの境目を越えて、私の目の前に立った。

「由良子さん……」

彼女に向けておそるおそる右手を差し出しながら私は言った。

「まふみさん」

差し出された手にそっと触れながら由良子さんが言う。私はその手を握り返した。私も彼女もきっと十二歳の顔をしていたはずだけれども、涙があふれてしまってわからない。掌《てのひら》の上に、彼女の涙が滴り落ちてきた。泣きながら少しだけ笑って、私たち二人は固い握手を交わした。

「ありがとう……。きっと、来てくれると思ってた」

その時、窓の外に、白くちらつくものが見えた。

「あ……」

「雪……？」

それはすぐに消えてしまうこともなく、はらはらと降り続けた。二人が互いの手のぬくもりを感じる中で、雪はしんしんと降り、木立の景色を冷たく白いものへと変貌《へんぼう》させていった。

「たった今、出来上がったんです――あの二つの本」

由良子さんがぽそりと、つぶやくように言った。

「『銀河鉄道の夜』と『プラテーロとわたし』が？」

「ええ。ついさっきまで仕上げの作業をしていましたが、やっと完成しました」

「見せてもらえませんか」

「じゃあ、私と一緒に、来てください」

由良子さんはそっと私の手を引いて、間仕切りの中へ招き入れた。

外では雪の降る夜、北に面したこの工房はすっかり冷たく、床は氷の上を歩いているように感じられた。その間仕切りの中は、作業台がほとんどを占める、本当に小さな小さな空間だった。壁一面に吊るされた工具が青白く光っている。床には布きれや革の切れ端などがそのまま転がっていた。

そして、窓辺からほの白い雪あかりの照らす台の上に、完成したその本は置かれていた。

「これが……」

私は息を呑んだ。

右側には『銀河鉄道の夜』が表向きに、左側には『プラテーロとわたし』が裏向きに配置されていた。そして『銀河鉄道』の表紙から『プラテーロ』の裏表紙までを、ぐるりと一枚の革で覆うように装幀されている。その一枚の革が、目の覚めるような美しい青色のグラデーションに彩られているのだった。

『銀河鉄道の夜』の表紙は、どこまでも深くて遠い宙の色。そしてその上に、古いドイツ語の緻密《ちみつ》な星座図をそっくりそのまま、まるで印刷物と見紛うほどの精巧さで再現した図が、銀箔で刻まれている。

中心から広がる円と放射線の上に、星々の名前と星座の名前が並ぶ。冬の夜空にひときわ輝く、オリオン座、おおいぬ座、こいぬ座の三星座。カシオペヤ、アンドロメダ、ペルセウス。宙に横たわる天の川銀河。それらの点と線が、全て一つずつ、銀の箔押しで彫り込まれていたのだ。

「銀河の中へ、吸い込まれてしまいそう」

その綺羅星《きらぼし》たちの詩情に打たれながら、私はうっとりとつぶやく。

この青いグラデーションの中に、いったい何種類の絵の具の色が含まれていることだろう。あの骨董通りの、青を偏愛する文具店の主が見たら、いったいこの中に何通りの青色の名前を見出すことだろう。「青い煙の瓶の中に閉じ込められた姫」、「菫色と紺色の灰色がかった海」、「限りのない青い遠方」……。

本をひっくり返すと、その裏側では青色の革が美しい遷移《せんい》を見せていた。ぞっとするほど深い暗闇のような宇宙の色は、次第に群青へ、青へ、水色へと明るさを増してゆく。

そして表紙には、淡い水色の『プラテーロとわたし』。その中央には、背中に花の束を積んだプラテーロの姿が、やはり銀箔押しで描かれていた。それはまるで、柔らかい銀の毛並みをもつロバのプラテーロが、本から抜け出してぴょこんと表紙に現れてきたかのようだった。

その水色は、晴れ渡った透き通る青空を思わせた。アンダルシアの美しい青空。プラテーロと詩人がその下で生き、喜び、涙を流し、そして今も静かに眠っている空である。

こんなにも美しく融合した二冊の本。まるで、初めから結びつけられる運命にあったかのような本。流れるような青色の中で、静かに、気高くとけあう本……。

「きっと村上さんも喜んでくれるはずです。二つの本が、こんなにも幸福な形で結ばれるなんて」

「まふみさんがそう言ってくれて、とても嬉しい」

私と由良子さんは、窓辺の机の前に小さな椅子を二つ並べて腰かけた。ライトの黄色い光と、窓から滲むほのかな雪あかりの中で、その二冊であり一冊でもある本を、共に眺めていた。できることなら、いつまでもいつまでも、彼女と一緒にこの美しい本を眺めていたい——。

静かに雪は降り続けている。

第六章　書物のための装幀曲

「こんなに美しい本を、僕は見たことがありません。どんな感謝の言葉でこの気持ちを伝えたらいいか……。ぜひ何かお礼がしたい。お二人をお招きして、うちの店でささやかなお祝いのパーティを開くというのはいかがでしょう」

「ねえ店長、だったらいっそ、本の結婚式とかどうですか」

そんな思いがけないアイデアを鈴木くんの口から聞くことになったのは、何とかクリスマスに間に合う形で、完成した本をトーカ館へ届けに行った日のことだった。

「本の結婚式？」

「せっかく二冊の本を結婚させたんだから、式を開いたら楽しそうじゃないですか」

「何をするの？」

「もちろん、ウェディングケーキを用意します。うちの手作りロールケーキをタワー状に積み上げるのはどうでしょう。生クリームやフルーツをたっぷり添えて」

「おいしそうですね。それから？」

「俺でよければ余興でギター弾きますよ。ともかく、みんなで新郎新婦を囲んで祝福すれば楽しいかなって。ゲストもたくさん呼びましょうよ。ざっと……五千人くらい」

「ご、五千人？」

「冗談です。ゲストって要するに、うちの店の本のことですよ。五千冊のゲストが見守る中で執り行われる厳粛で感動的な式。どうですか、店長」

「また鈴木くんが何を言い出すのかと思ったけど……。いいね、その結婚式」

二冊の本を結婚させてほしいという製本依頼にも驚かされたが、「本の結婚式」とはこれまた聞いたことがない。しかしその突飛なアイデアを、村上さんは存外気に入ったようだった。

店中の書架《しょか》をぐるりと大仰に指差しながら熱弁をふるう鈴木くんの口ぶりに、私もつられてふっと笑う。

「五千冊には及びませんが、人間のお客さんも呼びたいですねえ。うちの常連のお客さんに、製本教室の皆さん……。でも一番大事なお客は、何と言っても瀧子先生と由良子先生です。お二人のご予定はいかがでしょう？　たとえば、来年三月の下旬辺り」

それを聞いた私はハタと返事に困ってしまった。たとえ招かれたところで、由良子さんがルリユール工房の外へ出てこの店までやって来るということは、万に一つもあり得ない。ここは何か角の立たない口実をつけて、やんわりと断るべきなのか。

「うーん、そうですね……。親方はお体の具合がまだ万全ではありませんし、由良子さんはとても忙しいので本人に尋ねてみないと」

「いつでも先生のご都合に合わせますから」

「ただ最近、本当にお仕事が立て込んでいるんです。ひょっとしたら難しいかも……」

「そこはぜひ、何とか、先生に僕の気持ちをお伝えください。いつも無理なお願いですみませんが、どうかよろしくお願いいたします」

結局、はっきりとものを言うことができずお茶を濁《にご》してしまった。私にはありがちなことだ。この話を由良子さんに伝えたところで、どうせ首を横に振るに決まっている。

（あーあ、私っていつもこう。無理なことがその場で「無理」って言えなくて、ずるずる先延ばしにして、結局いろんな人に迷惑をかけちゃうんだから……）


十二月二十四日、花園小学校は終業式を迎えた。明日から冬休み、そして今夜はクリスマス・イブということで、生徒たちはみな浮かれ、校長先生の話など誰も真面目に聞いていない。図書室が開いているのも、もう今年は今日で最後。子どもたちは学校から帰る前に冬休み用の本を借りてゆき、私はカウンターで長期貸し出しの手続きに追われている。そこへ小此木先生がやって来た。

「おつかれさん、中島さん。どうでした、今年一年」

「いろいろなことがありましたけど、おかげ様で何とか」

「実はね、来年度の件なんだけど、うちの学校としては引き続き中島さんにやってもらいたいと考えてるんですよ」

「えっ……」

「どうです、引き受けてもらえますか？」

「はい、もちろんです」

「そりゃ良かった。年明けに校長から正式な話があるはずです。どうぞ、今後ともよろしく」

これは思いがけないクリスマス・プレゼントだと受け取っていいのだろうか。また来年の春からも、この小学校の図書室で子どもたちのために働き続けることができる。今年はやりたくても叶わなかった様々な目標に、来年また挑戦することができる。私は嬉しくて、カウンターの上に置いてある古い回転式の図書カードケースを、誰も見ていない隙にくるくるとメリーゴーランドのように回した。


図書室に「閉室中」の札を掛け、昇降口で靴に履き替えていると、ちょうどそこには帰り支度をしている榊先生の姿があった。

「僕の車でお送りしましょうか？」

「いえ、そんな」

「遠慮はいりませんよ。どのみち、由良子さんの様子を見に行くところですし」

と榊先生は言いながら、鞄と一緒に小さな紙袋をさりげなく反対側の手に持ち替えた。

（プレゼント渡しに行く、の間違いじゃないの？）

と私は思わずにいられなかった。こうやってちょっと話している間にも、女子たちが私たちの方を見てひそひそと囁《ささや》き合っている。

「結構です、歩きたいので。……あ、榊先生、一つだけよろしいですか？　例えばの話なんですけど、もし本と本との結婚式というものがあるとしたら――」

「何だって？　本の……『結婚式』？」

冷静沈着な榊先生でも、これを聞いたら驚くのも無理はない。私は先日村上さんから『本の結婚式』に招かれた次第をどうにか説明した。

「なるほど……。それで、由良子さんは？」

「もちろん、欠席すると言っています。ただ、それをどうやって角の立たないように村上さんへお伝えしたらいいやら……」

しばらく難しげな表情で腕を組み、私の話を聞いていた榊先生だったが、

「中島さん、早く行きましょう」

と、いきなり私の腕を引っ張って走り出したものだから、私は驚いてつまずきそうになった。

「え、行くって、どこへ？」

「工房に決まってるじゃないですか。式には出席すべきだと彼女を説得するために」

「ちょっと待ってください。だけど――」

その時、校舎の方から黄色い声が上がった。まだ教室に居残っている六年生の男の子と女の子たちだ。ほとんど榊先生に引っ張られるようにして駐車場へやって来た私たちの姿を見て、みな窓から身を乗り出してきゃあきゃあヒューヒュー大騒ぎをしている。穴があったら入りたい。先生がドアを開けたので、もうヤケで車に乗り込んでしまった。

榊先生はぐっとアクセルを踏んで車を走らせる。座席はグレーの革張りで、上品な香りのする清潔そのものの車内であるが、私は無性に腹が立ってきた。

「これじゃ冬休み明けが思いやられますよ、もう……。だいいち説得って、一体何をどう説得するおつもりなんです？　由良子さんが『はい』と言うなんて、絶対にありえませんよ」

「たしかに彼女は頑《かたく》なに拒むでしょうね。だが、考えてもみてください。これは由良子さんにとっての一生に一度かもしれないチャンスなんです。いったいこの先どこの誰が、彼女を『本の結婚式』に招待すると思いますか？　彼女が外の世界に出るための、逃してはならないチャンスなんだ」

急な坂道を車はハイ・スピードで登り上げ、あっという間にルリユール工房の前に到着した。

「私に——その結婚式に出席しろと？」

「その通りです、由良子さん」

工房の作業机の椅子の一つに榊先生は陣取り、テーブル越しに由良子さんと向かい合っていた。私は所在なく彼女の後ろに立ち、いや、あまり背後に突っ立っているのも失礼だからと横に動いてみたりと、落ち着きのない動作を繰り返していた。

「無理です」

「無理じゃない」

「いいえ、どう考えても無理です。知らない人の、いるところへ行って——」

「知らない人ではないでしょう？　彼はあなたの依頼人ですよ。あなたが数か月にわたって製本作業に没頭した、その依頼主に向かって『知らない人』はあんまりじゃないかな」

「ですが私は、その人と直接喋ったことは一度もありません」

「『たとえ言葉を交わさなくても、私は製本を通じて、その持ち主と会話をしているに等しい』――。これはあなた自身の言葉ですよね。僕はこの十年で何度も聞かされているから、よく覚えているよ」

傍らで聞いている私は、ハラハラして落ち着かないどころではなかった。由良子さんも頑固だが、榊先生も相当に頑固で、強引で、後に引く気配がない。特に由良子さんが自分の病気のことを直視するようになって以来、それまでの腫れ物に触るような態度を改めたのか、やけに強気になってきている気がする。もっと優しくふんわりと説得すればよいものを、よほど気持ちが前のめりになっているのか、まるで議論しているような口調である。こういうとき自分が口を出していいものか、黙っている方がいいのか、と考えたが、私が口を挟むような隙はなかった。

「市街地にある古本カフェ？　そんなところへ、私が行けるはずはありません」

「僕が車で送迎してあげるから。あなたはこの玄関から車のドアと、車のドアから店の入り口までを歩けばいいだけ。ほんの数歩だよ」

「だけど……。いいえ、やっぱり無理です。結婚式なんて、そんな人のたくさんいるところは」

「『本の結婚式』だと何回言わせるんですか。新郎新婦も『本』なら、ゲストだってみんな『本』なんですよ。あなたが何より、一緒にいて安心する連中ばかりでしょう？」

「でも……」

「由良子さん、あなたが結婚させてやった本じゃないですか。言ってみれば、仲人のようなもの。あなたも製本家なら、自分の手掛けた大事な本の門出を祝福してやったらどうです」

「いい加減にしてください、榊先生。結婚式を口実に私を外の世界へ引きずり出して、どうするおつもり？　私に恥をかかせたいのですか？」

とうとう彼女は険《けわ》しい眼差しで怒りを顕《あら》わにし始めた。

「違います、由良子さん、そういうことでは……」

と私は取りなそうとしたが、彼女は頑なに首を横に振る。

「私は、所詮《しょせん》本の世界から出られない人間なのです。一人では何一つ満足にできないほど、世間知らずで、常識知らずで……。それに私は、こんなにみすぼらしいんです。結婚式だなんて……何を着ていったらいいかもわからないわ」

そう言い終わるか終わらないかのうちに、由良子さんの目には涙があふれ、彼女は両手で顔を覆い隠すと、テーブルの上へ突っ伏した。

「由良子さん……」

小刻みに震える彼女の肩を私はそっと優しくさすったが、それでも彼女の涙は止まらなかった。榊先生はおろおろして立ち上がったきり、ロボットのようにぎこちない動作で腕を中途半端に上げたり降ろしたりしている。

「そんなこと言わないでください。由良子さんはきれいです。あの菫《すみれ》の詩集を見たとき、私、何て美しい本なんだろうと見惚れてしまいました。素晴らしい香りにくらくらしました。そして、初めて由良子さんの姿を見たとき、やっぱりあの本と同じ、美しい人だと思ったんです。だからどうか、自信を持って……」

私が力強くそう言うと、由良子さんは覆《おお》った手の間からおずおずと顔を上げ、涙にまみれた顔をのぞかせた。しかしその表情は、怯えに満ちていた。

「もう、榊先生……！　先生も黙ってないで何か言ってくださいよ」

堪《たま》りかねた私から矛先を向けられて、榊先生は一層うろたえた。

「そ、そうだな……。僕はその、あなたの様子を見てきて、もう十年以上になるわけだが……。あなたは製本をしているときが、一番輝いている。いや、誤解のないように言っておくが、それ以外のときが輝いてないという意味じゃないんだ。そうではなくて、つまり……」

柄にもなく、あまりに榊先生がしどろもどろになっているので、私のみならず由良子さんまでもが、目を丸くして彼の様子を見つめている。さんざん言い淀んでいた榊先生は、由良子さんの方へまっすぐ目を向けると、キリッとした声でこう言った。

「由良子さん。あなたは、菫のように美しい」

＊

その年の暮れ、私は実家へ帰省した。

夏にあんな諍《いさか》いのあった後で、まさか私が帰ってくるとは思ってもみなかっただろうから、数か月ぶりに連絡を受けた両親もさぞ当惑したことだろう。大晦日だというのに父はテレビすらつけておらず、居間で猫背になって新聞を読んでいた。心なしか白髪が増えたように見える。私たち三人は静まり返った食卓で、何も具の入っていない年越し蕎麦をズルズルと食べた。

「……来年の仕事、どうするの？」

母が恐るおそる尋ねる。

「花小でもう一年勤めることになった」

「……そう。それはよかったわね」

安心したような気の抜けたような声で母が言う。

「今のアパートには住み続けるの？」

「うん、大家さんいい人だし」

「……そう」

父と母は寂しげな顔をして黙りこくっている。私は食卓の椅子からスッと立ち上がり、

「今までお父さんとお母さんには迷惑をかけて、どうもすみませんでした。こんなに期待してくれたのに、お父さんの仕事を継ぐことができなくてごめんなさい」

と、深々と頭を下げた。

「資格のことは諦めたけど、これからは司書を一生の仕事として頑張っていくことにしたので、

どうか見守っていてください」

父と母からは何も言葉が返ってこない。二人とも茫然としている。それも仕方のないことかもしれない。私自身この一年かけてやっと受け入れ、折り合いをつけたことなのだから、両親には申し訳ないが長い時間をかけて納得してもらうしかない。

「……まあ、頑張りなさい。そう決めたんなら」

父がやっと溜め息まじりにつぶやいた。その一言を言うのでさえ、父には精いっぱいだっただろう。私は鞄の中から、革装の『ポケット六法』を取り出してテーブルの上に置いた。

「この本、記念に作ったんだ」

それを手に取った母は、中を開き、私がいつも持っていた書き込みだらけの六法だということに気づくと、

「立派な本だけど……こんな革の表紙までつけて高かったんじゃないの?」

と心配そうに尋ねる。

「そうでもないよ。自分で製本したから」

と私が答えると、二人とも「ええ?」と目を丸くして驚いていた。

＊

年が明け、トーカ館の村上さんのところへ行って相談した結果、式の日取りは三月二十四日の午後二時からと決まった。最初は何人かのゲストを招く心づもりでいたようだが、由良子さ

んが人づき合いを苦手としていることをやんわりと伝えた結果、招くのは由良子さんと私、それを迎える村上さんに鈴木くんという、「本の身内」だけのささやかな式にしようということになった。本当は瀧子親方にも来てもらいたかったのだが、外出は困難という理由で残念ながら参加は見合わされることになった。

このせっかくの機会に由良子さんには綺麗なものを着て自信を持ってほしいと思ったので、私がドレスを探しに行くと言うと、榊先生もそれに同行した。

「これはどうでしょう？」

「若い女性にしてはちょっと丈が長すぎじゃないかな。こっちの方が――」

「ダメです、そんな派手なの。着るのは由良子さんなんですから。わかってます？」

私と榊先生は常にうっすらとケンカ腰だった。この妙な二人組の会話を、一体どういう状況なのだろうと店員たちは怪訝《けげん》に思っていたに違いない。

「あ、きれいなスミレ色――」

「結婚式のお呼ばれですか？　これからの季節にぴったりの、春らしいお色ですよ」

「ええ、とってもきれい……。どう思います？　榊先生」

「そうだな、これは僕もいいと思います。きっと彼女に似合いそうだ」

瀧子親方から預かった「交際費」の封筒を握りしめながら、駅前のデパートの中を数軒回った挙句、ドレスはその上品な薄い紫色のワンピースと決まった。

靴については、さらにひと悶着あった。ぺたんこでヒールのないバレリーナ・シューズを私

が探しているのを見て、

「あのドレスなら、足元はこれでしょう」

と榊先生が取り上げたのは、踵《かかと》の高いピンヒールのフォーマルなパンプス。

「ダメですって。いつも裸足《はだし》で工房の中を歩いている人が、いきなりハイヒールなんて絶対に無理です。五分と立っていられませんよ」

「でも、少しは踵のある靴でないとおかしいんじゃないですか」

「いいえ。こんなの、私だってまともに歩けません。まして由良子さんになんて……」

海から陸へ上がったばかりの人魚が、足から血を流しながら靴を履くようなものだ。ここは私が押し切って、ベージュに少しだけ金のラメが入ったバレリーナ・シューズを選んだ。もっとも、最終的には彼女の足に合うかどうか、本人が履いてみなければわからないのだが。

クラッチ・バッグは、無難なものを買ってもよかったのだが、どうも既製品は気が進まず、私が自作することにした。ルリユール工房のテーブルの上に雑誌の切り抜きを広げ、せっせと型紙を切りながら作業をしていると、それに気づいた瀧子親方が杖をカツン、カツンと鳴らしながらやって来た。

「何をしてるの、まふみさん」

「脇に抱えられるバッグを作っています。こういう……見た目が本そっくりのものを。こんな雑誌に載ってるような、お洒落なものができるかどうか自信がないけれど」

「いいじゃない、すごくいいじゃない。……ああ、あたしが一緒に行ってやれないのが、残念でならないわ。本当は一日外出するくらい、騒ぐほどのこたぁないんだけど、でも今はこれを抱えてるから」

と、親方は小脇に抱えた原稿の束を示した。プリントアウトされたワープロ原稿には、あちこちに付箋《ふせん》が貼られびっちりと赤字が書き込まれていた。

「進捗はいかがです？」

「まだまだ、全然終わんないわ。この原稿を書き終えないうちは、万が一にもね、外出先で具合を悪くしてそのままお陀仏《だぶつ》……なんてことになったりしたら、あたし死んでも死にきれないのよ。だから申し訳ないけれど、当日は由良子と一緒にどうかお願いしますね、まふみさん」

親方はそう言うと、例の昇降機に乗って二階へ上がっていった。きっと今日も夜遅くまで執筆を続けるつもりなのだろう。これまで、明るく社交的な親方と由良子さんは性格が少しも似ていないと思っていたが、脳梗塞で倒れてから執筆一辺倒になった親方の生活は、製本一筋で凝り性の由良子さんとそっくりである。今はもう原稿を書き上げること、そのために自分自身の健康と体調を保つことに精いっぱいで、それ以外のことに使う気力は親方には残っていそうにもなかった。

ある日、ルリユール工房へ行くと、仕事場の由良子さんはいつものように裸足ではなく、買ったばかりのバレリーナ・シューズを履いて、黙々と石板の上で革をなめす作業に没頭していた。靴だけが真新しいそのいでたちは、不釣り合いと言えば不釣り合いだけれども、私の目には不思議と魅力的に映った。

「由良子さん、靴、大丈夫そうですか?」

「ええ……。とても柔らかい革が使われているので、足にぴったり合います。こうして毎日のように作業台の上で加工している素材なのですが、自分の足に履くのは久しぶりなので……。どうも、ありがとうございます」

「ワンピースの方は?」

「ごめんなさい……。実はまだ、怖くて着ていないんです。ちょっと胸の前に当ててはみたのですが、私の部屋には鏡もないし……」

「私が手伝いますよ。もしよければ、今、試しに着替えてみては?」

そこで一緒に二階に上がり、由良子さんの私室で着替えを始めた。

「本当にすみません……。私のためにこんなにいろいろして頂いたのに、何もお返しすることができなくて」

廊下から部屋に運び込んだ衝立《ついたて》の向こうで、着替えをしながら由良子さんが申し訳なさそうに言う。

「いいえ、そんな。もう着替えは大丈夫ですか?」

「のろのろですみません……。もうちょっと、待ってもらえますか」

やがておずおずと、彼女は衝立の向こう側から姿を現した。

スミレ色のドレスを纏《まと》った由良子さんの姿を目にした途端、私の眼前に、再びあの美しい本が幻のように立ち現れた。

——『菫の花の片隅で——ルネ・ヴィヴィアン詩集』——


この堅牢にして美しい函《はこ》が、あなたの纏う衣装。この切り口も瑞々しい小口《こぐち》が、あなたの髪。この本があなたの体。これがあなたの白い肌。

あなたは花に満たされている。スミレの香りに満たされている。あなたは美しい。

そしてこれが、他ならぬあなた自身の顔——。

「由良子さん……綺麗です。あの榊先生の名ゼリフの後となっては、何を言っても凡庸《ぼんよう》になってしまいますけれど、本当に、ほんとうに、きれいです」

ほんのり頬を薄紅色に染めて、由良子さんははにかんでいた。

「ただ、一つだけ、このドレスを着るのなら、そのチョーカーはちょっと……似合わないかもしれないと思うんです」

「これが？」

まるで首輪のようにいつも首元にはめられたチョーカーを指差して、由良子さんは不安な顔つきで言った。

「取らなくてはいけませんか」

「由良子さんにとって、大事なお気に入りだということはよくわかっています。でもやっぱり、取った方がいいと思います」

彼女は震える指先でその結び目の部分に触れていたが、急に俯き加減になって、

「……できない」

と小声で言った。

「私には、緊張してうまくできないので……。代わりに、外してくれませんか？」

「いいですよ」

由良子さんはそっと目を閉じた。私は彼女のすぐそばに、ふとした拍子に互いの髪が触れ合ってしまいそうなほど、本当にすぐそばまで近寄って、チョーカーの結び目に手を掛けた。それは思ったよりずっと固くて難儀《なんぎ》したが、やがてするりとリボンは解け、首飾りは外れた。ずっと隠されていた彼女の首元が顕わになった。

「どうでしょう、大丈夫ですか？」

「ええ、大丈夫……。何だか、少し、不思議な気持ちがします。胸がどきどきするのだけれど、なぜか不安じゃない……」

そう言いながら彼女は、のぼせたような足取りで部屋を出て、階段を降り始めた。

「由良子さん、どこへ？」

「ちょっとだけ……外へ出てみようかと」

「えっ、外へ？」

驚いた私は、危うく転げ落ちそうな勢いで階段を駆け降りた。

「この時間の釣り堀なら、誰も人はいません。……もしまた外へ出られる日が来たら、真っ先にあそこへ行ってみたいと思っていたのです」

まだここへ越してきたばかりの頃、彼女が二階の窓の向こう側から、カーテンの陰に隠れて釣り堀を見下ろしていたことを私は思い出した。

由良子さんはアパートの裏庭から木立の隙間を縫って南魚庵の中へ入った。早春の肌寒い夕暮れの釣り堀。彼女はぎこちなく慎重な足取りで池の周囲をぐるりと歩き回ると、ビールの空き箱をひっくり返した椅子の上に腰かけた。私もその隣に座り、ワンピースのまま外へ出てきた彼女の痩せた肩へコートをかけてやった。二人静かに暮れゆく池の水面を眺めていると、そこへ、今まで外出していたらしい南魚庵さんが戻ってきた。

「ええ、由良子ちゃん？　ウソでしょ……？」

庵主さんが驚いたのも無理はない。しばらく呆気に取られていたが、目の前にいる彼女が幻ではないとわかると、まるで娘に再会した父親のようにぎゅっと由良子さんの手を握りしめた。庵主さんの脇からズサッと例の魚拓集がずり落ち、それと一緒に何か書類の入った封筒も落ちてきた。「いきいきデイケア　ひまわり」というロゴが見える。私が少し怪訝《けげん》な顔をしながらそれを拾って手渡すと、

「二人とも、聞いて。この近所に四月から介護施設がオープンすることになったんだけど、実は俺、その施設長さんとこへ行って話をつけてきたとこなのさ」

「話って、何の？」

「釣り堀のだよ。施設のおじいちゃんやおばあちゃんの娯楽に、うちの釣り堀を使いませんかって提案してみたんだ。とりあえず決まったのは、週に二日、ここへ大勢の老人たちがやって来る。施設割引も用意して、介護士さんたちにも安く来てもらえるようにするんだ。こうなったら借金してでも、新しいニシキゴイ飼わないとな。さあ、これから忙しくなるぞ」

「南魚庵さん……」

三月の空は穏やかに夕暮れ、木立の緑はさわさわと音を立てていた。由良子さんはふっと目を閉じ、水の音、魚たちの声に耳を澄ませた。

春は、もうすぐそこまで来ていた。

*

三月二十四日。

その日は朝から、ルリユール工房はこれまでにない張り詰めた緊張に包まれていた。

菫色のドレスに身を包んだ由良子さんは、落ち着きなく部屋を歩き回ったり、裏庭と工房の中を行ったり来たりしている。私がいつもと違うベージュのワンピースを着て、ふわっとしたアップに結い上げた見慣れない髪型をしているのも、人の顔がわからない彼女にとっては不安の種となるようだった。もちろん、双子スミレのバッジだけは、いつもと変わらずちゃんと胸元に付けている。万が一、街の中ではぐれてしまったら、彼女が私を見分ける手がかりはそれしかないのだから。

「あ、来ましたよ、榊先生の車」

外の様子を窓越しに窺いながら彼女に言う。

私たちは玄関を出て戸締まりをすると、車のドアを開けてもらい、後ろの座席に並んで座った。着飾った由良子さんの姿を、運転席の榊先生はしばし感動の眼差しで眺めている。

「素晴らしい……見違えるようだ、由良子さん。それでは出発しますよ？　……ああ、中島さんも今日はキレイな恰好ですね」

そんな、いかにも取ってつけたように言わなくてもいいのに……と、私は内心でちょっとふてくされた。

車が花園町の坂を下っている間、由良子さんは興味深げに窓の外の景色、春めいた木々や花々の様子を眺めていた。しかし、坂を降りて人通りの多い市街地へ入ると、彼女は窓の黒い日よけを下ろして、景色からすっかり目を逸らしてしまう。

「いつものチョーカーを、今日は付けていないんですね」

ミラー越しに榊先生が言った。

「ええ。外した方が気分がいいので、付けていません。でも、もしもの時のお守りとして、ちゃんとこの中に入っています」

彼女のために私が手作りした本型のクラッチ・バッグを、由良子さんはそっと指差す。

車は十日町の方へ近づいていた。出発してから十五分ほどで、私たち三人の乗る車は目的地に到着した。

その日は休日で商店街にはあいにく車が入れなかったので、榊先生が車を停めたのは横丁の入り口付近にある駐車場だった。

「それでは、行ってらっしゃい。僕はこの車の中で待っているから、何かあったらいつでも携帯に連絡を――」

「えっ、榊先生はいらっしゃらないんですか?」

「招かれてもいない者が行くわけにいかないでしょう。どう考えても場違いだし……。僕はここで、『相談室だより』の原稿の手直しでもしていますよ。もうすぐ締め切りで忙しいのでね。じゃあ、由良子さん、どうぞ気を楽にして」

助手席に置かれた先生の鞄の中には、たしかに付箋のついた原稿らしきものがチラリとのぞいている。てっきり榊先生が店まで付き添ってくれるものと思っていた私は、意外な感じがした。照れ隠しなのか、本当に締め切りに追われているのか、実は先生こそアウェイが苦手なタイプなのか……。

ともかく私と由良子さんは車を降り、二人でカフェへの道を歩き始めた。

私にとっては何でもないような街並みに、彼女は一つひとつ驚きを示した。この十三年間、外の世界へ出たことがなかったのだから、それも当然のことかもしれない。彼女はじっくりと風景を嚙みしめ、ただでさえ遅い歩みはますますゆっくりになった。

「そのカフェへは、あと、どのくらい歩くのですか」

「もうちょっと先ですね。あそこの……電柱を越えた辺り」

「私、榊先生に騙されたかもしれません。あの人、『車のドアを出てほんの数歩』だなんて言っていましたよね？　嘘ではないですか。もう数歩どころか、こんなに歩いているのに」

冗談なのか本気なのかわからない文句をつぶやきながら歩いているところへ、遠くから歓声が聞こえてきた。ビクリ、と由良子さんは立ち止まる。

それは通りの向こうの方から並んで歩いてくる、三人組の若い女性たちの楽しげな話し声であった。しかもその三人の後に続いて、同じ年恰好のフォーマル・ウェアを身につけた男女の集団が、曲がり角からこちらへわっと姿を現したのだ。

ちょうど季節柄、卒業式を終えて謝恩会に向かう大学生か、結婚式帰りの若者たちなのだろう。男性は黒かグレーのスーツ。女性たちも皆似たりよったりのドレスを着て、ゴールドやシャンパン・ピンクのボレロを羽織り、胸には花のコサージュ、そして髪をちょっとクシュッとさせて緩めのアップにまとめている。さらに困ったことには、私もその女性たちとほとんど変わりばえのしない恰好をしているのだ。

自分の服装の凡庸さを棚に上げて言うのも何だが、目の前の女性たちはまるで個性が無さすぎて、誰が誰やら区別がつきそうにもない。私でさえそうなのだから、これを目の当たりにした由良子さんはどれほど混乱し、戸惑っていることだろうか。

心配になって、由良子さんの横顔を覗《のぞ》き込《こ》む。彼女の顔色は悪く、少し緊張した面持ちをしていた。女性たちの賑《にぎ》やかな話し声は、どんどん近づき、大きくなってゆく。閑静な通りに、甲高い笑い声が響き渡る。思わず胸元に手をやり、スミレのバッジがちゃんと付いていることを指先で確かめた。

とうとう、その集団と私たちはすれ違った。気がつくと隣にいたはずの由良子さんは、いつの間にか道の真ん中で右往左往している。

「ここです、由良子さーん」

私は手を振ったが、賑やかな女性たちの歓声にかき消され、彼女に声が届かない。

その時、由良子さんは、見知らぬ女性の肩をとんとんと叩いた。私が着ているのとよく似た色のワンピースを着た女性だった。由良子さんと向き合った彼女は少しキョトンとしていたが、連れの友達と顔を見合わせるとプッと吹き出した。

「どうしたの?」

「やだー、誰かと間違われたっぽい」

彼女らはゲラゲラと笑いながら通り過ぎてゆく。由良子さんの手は、微《かす》かにぶるぶると震えていた。彼女は辺りを見回したかと思うと、すぐ近くにあった小さな公園へ逃げるように駆け込んだ。

「待ってください、由良子さん」

私はすかさず彼女を追いかけた。手をつないでおけばよかった、と今さらながらに悔やまれた。公園とはいっても、二叉に分かれた通りの間にある小さな三角形のポケット・パークで、ハナミズキとそれを取り囲む円形のベンチ以外には何もない。そのベンチの上に、由良子さんは顔を伏せたまま膝を抱えて座り込んでいる。

「由良子さん……」

声を掛けたが、由良子さんは顔を上げようとも返事をしようともしない。彼女の隣に静かに腰かけて、私はそっと由良子さんの肩の上に手を置いた。

「ごめんなさい。せっかく、ここまで連れてきて頂いたのに……。でも、私、やっぱり駄目でしたね」

「そんなことありません。あとほんの少しですから、頑張って」

「でも……」

するとそこへ、

「まふみさーん！　由良子」

という親方の声が聞こえた。まさかと思って見ると、私たちが入ってきたのとは反対側の公園の入り口付近に南魚庵さんの軽トラックが停まっており、そこから瀧子親方が降りてきたところだった。杖をつき、プリーツのゆったりしたガウンを着て、その胸には黄色いパンジーのバッジが光っていた。

「親方！」

私は驚いて声を張り上げた。

「どうなさったんです？　どうして親方がここに……」

「書き終わったのよ、あの本」

親方は誇らしげに言い、トラックの運転席の南魚庵さんはにっこりしながら書類ケースを持ち上げてみせた。原稿の詰まった、今にもはち切れそうな書類ケースだった。

「これであたし、いつポックリ逝《い》っても悔いはないわ」

「おいおい、よしてくれよ。村上さんに電話したら、どうぞ今からでも来てくださいって言うんで、連れてきたんだよ」

珍しくジャケット姿だが、いつものバンダナをネッカチーフにして巻き、変な魚——ではなく、みなみのうお座のバッジで留めた南魚庵さんが身を乗り出して言った。

「親方……」

私は由良子さんの方を振り返った。彼女はまだベンチの上で膝を抱えたまま、不安そうに親方の顔を見つめている。

「さあ、由良子……おいで」

瀧子親方は両腕を広げた。由良子さんはしばし、潤んだ目をいっぱいに開いていたが、やがて息せき切ったように駆け寄って、

「おばあちゃん……！」

と親方を抱きしめた。

「今までずっと、近くにいたのに遠くにいて、ごめんなさい」

「いいのよ、いいのよ。あたしの、大事な、大事な由良子……。まふみさん、どうもありがとう。本当に……ありがとう」

瀧子親方を両側から支えるようにして、私たち四人はトーカ館の前にたどり着いた。半地下のガラス窓から垣間見える書架の様子を、由良子さんは興味深げに覗き込んでいる。

四人で、カフェの扉を開いた。

「いらっしゃいませ、ようこそ」

入り口を開けたところには、白いシャツに黒いベストを着た村上さんとエプロン姿の鈴木くんが立っており、私たちを笑顔で出迎えた。

「皆さんに来ていただけて光栄です。そして綺堂由良子先生、初めまして。素晴らしい本を作ってくださり、どうもありがとうございました」

村上さんはそう言って、スッと手を由良子さんの前に差し出した。由良子さんは初めちょっと戸惑っていたが、やがて思い切ったように手を差し出す。村上さんの大きな手が彼女の手を包み、二人は握手を交わした。

「さあどうぞ、中へ」

高い天井まで届く本棚に囲まれた店内へ案内された私たちは、中の様子を見た瞬間に、

「わあ……！」

と、驚嘆の声をあげた。

店中のテーブルやカウンターに、本のお客が「着席」していたのだ。座席には本が積み上げられ、その上にはイーゼル型のブックスタンドがあって本が飾られている。そしてそれぞれの

座席の前には、きちんとしたネームプレートが置かれ、その本の作者や登場人物の名前が書かれていた。例えば、「シャーロット・ブロンテ様」「ジェーン・エア様」「エドワード・フェアファックス・ロチェスター卿様」と、こういう具合に。

「『高慢と偏見』のエリザベスとダーシーがいるわ」

「『細雪』の四人姉妹もいる。鶴子、幸子、雪子、それに〈こいさん〉の妙子……」

そこにはあらゆる文学作品や絵本から、苦難の末に理想の伴侶と出会うことのできた主人公たちの名前が記されていた。アーネストという美しい名前の男性でなければ結婚しない、というグウェンドレン。「これからさき、いつも　きみといっしょに　いられますように！」と誓《ちか》い合った『しろいうさぎとくろいうさぎ』……。もの言わぬ本たちであるが、喜びと祝福に包まれた空間だった。

由良子さんはゆっくりとテーブルを回りながら、そこに置かれた一冊一冊の本、一つひとつのカードを、丁寧に手に取っては眺めている。

（ああ、そうか……。由良子さんは、本の「顔」を眺めているんだ）

この空間にいる招待客は、どれもこれも彼女にとって顔なじみばかりだろう。これまでに何度も読み、その姿を頭の中に思い描いてきた、物語の登場人物たちなのだから。

花の飾られた中央のテーブルには、新郎新婦である『銀河鉄道の夜』と『プラテーロとわたし』が、上等のブックスタンドの上に広げられていた。書名は丁寧な手書きで書かれ、一番下に「トーカ館」と印刷されたネームプレートのその独特な印刷の風合いにはどこか見覚えがあった。

「もしかして、このカードは活版印刷？」

「ええ。あの骨董通りの印刷所で。今月末に閉店されるのでお忙しい様子でしたが、無理を言って刷ってもらったんです」

座席の前には私たちの名を記したネームプレートがあったが、「綺堂瀧子様」、「綺堂由良子様」、「田中建二様」――。

（田中って、誰？）

と首をかしげたのも束の間、南魚庵さんがその席に腰掛けたので、私は思わず、

「えっ、南魚庵さんって、田中さんていうんですか？」と聞いてしまった。

「そうだよ」

「そうよ」

「田中、さん」

「冗談でしょ、まふみちゃん、まさか知らなかったなんてことは」

「知りませんでした」

私たち四人がそれぞれの席に着くと、村上さんはコホンと一つ咳払いをしてから、静かな声で挨拶の口上を述べ始めた。

「今日は本の結婚式へお運び頂き、どうもありがとうございます。この製本を手掛けてくださった由良子先生、親切に相談に乗ってくださった中島さん、そして製本工房の瀧子先生と南魚

庵さんに、厚く御礼申し上げます。

『銀河鉄道の夜』と『プラテーロとわたし』。この本の交換所で、僕にとっては運命的な出会いを果たした二冊の本が、こうして一つの形に結ばれたことを心から嬉しく思っています。そして、今日この日を出発点として、僕自身も新しいスタートを切ることができるような気がします。今後もこの本の交換所で、人々の様々な思いを託されてきた本と本が行き交い、交換され、誰かの新しい人生の一ページとなっていく様子を、店主として見守っていきたいと思うのです」

村上さんが一礼すると、一同はパチパチと拍手を浴びせた。

「さて、ここからが一番大事な儀式です。『銀河鉄道の夜』と『プラテーロとわたし』の一節を交互に朗読し、その互いに響き合い、奏《かな》で合う言葉に耳を傾けて頂きたいのです。これはぜひとも、由良子先生と中島さんのお二人にお願いしたいのですが」

「えっ、私たちが……？」

「ええ。それぞれの本に、星の印と、薔薇《ばら》の印のある付箋をつけておきました。それを交互に、順番に読み上げて頂きたいのです。どうぞ、よろしくお願いいたします」

村上さんの言う通り、本には二種類の付箋が貼られていた。ブックスタンドの上に広げられたこの本の右側は私の席、そして左側は由良子さんの席だった。私たち二人は揃ってぱらぱらとページをめくり、手を止めた。そして互いに目くばせをし、うなずき合ってから、数秒の沈黙の後に、本の一節を朗読し始めた。

――カムパネルラ、また僕たち二人きりになったねえ、どこまでもどこまでもいっしょに行こう。

――ごらんよ、プラテーロ、薔薇があたり一面に降りしきる、そのありさまを。青い薔薇、白い薔薇、色のない薔薇……　空が砕けて、薔薇の花になったとでも言えそう。ごらんよ、わたしのひたいに、肩に、両手に、薔薇がいっぱいたまるのを……

――僕、もうあんな大きな闇《やみ》の中だってこわくない。きっとみんなのほんとうのさいわいをさがしに行く。どこまでもどこまでも僕たちいっしょに進んで行こう。

――このやさしい花の群れが、どこからきたのかわたしは知らないが、もしかしたらきみは知らないか？　それは日ごとに風景をやわらかにし、紅《べに》、白、青と、甘美に風景をいろどる。また降りしきる、降りしきる薔薇よ。

――ああきっと行くよ。ああ、あすこの野原はなんてきれいだろう。みんな集まってるねえ。あすこがほんとうの天上なんだ。

——天国の七つの回廊から地上にむかって、いま薔薇の花がまきちらされている、と信じてもよさそうだ。ほんのりと色づいて、生暖かく雪がつもるように、薔薇の花が教会の塔に、屋根の上に、木々につもる。ごらんよ、どんなにあらあらしいものでも、薔薇のよそおいでやさしくなってしまうのを。また降りしきる、降りしきる、降りしきる薔薇よ……

——カムパネルラ、僕たちいっしょに行こうねえ。

——きみのその目はね、プラテーロ、おだやかに空を見あげるその目はね、きみには見えないけれど、美しい二つの薔薇なのだよ。

私たちの声は、空間中に響き渡った。この本を朗読している間、二人が声に出して読み上げる言葉の一つひとつが、白い結晶になって天井から降ってくるかのように私には感じられた。言葉は床の上に、テーブルの上に降り積もった。グラスの上にも、積み上げられたたくさんの本の上にも。由良子さんの髪の上にも、私の肩の上にも降り積もった。私たちはそれを払いのけることもなく、声に出して本を読み続け、ただしんしんと降り積もる言葉の中に埋もれていた。

「——皆さん、どうもありがとうございました。それでは、この場にいる全員の未来のために

──乾杯！」

村上さんの発声で、一同はシャンパンで乾杯をした。

「乾杯」と私が由良子さんの前へグラスをかざすと、彼女も「乾杯」と言ってグラスを重ねてくれた。明るい日の射すガラス窓を見上げると、店の前に何やら見覚えのある人影があった。背の高いスラリとした男性の姿──榊先生である。

（榊先生、忙しいから車の中で仕事してるって言ったのに、やっぱり心配して見に来てくれたんだ）

思わず頬の緩んだ私と目が合うと、榊先生はふっと横を向いて気づかないふりをしたが、私が由良子さんの肩を叩いて窓の方を指差し二人で懸命に手を振ると、ぎこちない風にではあるが、彼はちゃんとこちらを見て微笑み返した。そんな窓越しのじれったいやり取りは、この状況に気づいた鈴木くんが強引に榊先生を室内へ引き込んだことによってあえなく終了した。鈴木くんの「一緒に飲みましょうよ！」に抗《あらが》える人など誰もいない。背が高いはずの榊先生は、トーカ館の中で本棚（と鈴木くん）に囲まれると急に小ぶりな借りてきた猫のように見えたので、やはりアウェイには弱い性質《たち》なのだと私は思った。

「そうだ、中島さんの作った本──」

ふいに村上さんは私に向かってこう言った。

「あの綺麗な白い本、とうとう誰かが持っていきましたよ」

「本当ですか？」

「ええ、代わりにこんな本を置いていってくれたようです。よかったら、見てください」

本棚の中の一冊を村上さんは指し示した。あの窓あき文庫で私が装幀した、繭玉《まゆだま》のような『密やかな結晶』と引き換えに、誰かが残していった本を。

それは背表紙にタイトルのない少し奇妙な本だった。

だが、その佇《たたず》まいにハッと気づいて本棚の中から引き出すと、それはまぎれもなく、あの青年のために由良子さんが夜を徹して作り上げた、美しい灰色のシークレット・ベルギー装だった。

——葉室宙『とある物語の終わりと始まり』——

中をめくると、第一章から第十三章まで章分けされた白いページの中に、万年筆で隈《くま》なく文章が綴られている。それは「僕」という一人称で書かれた小説だった。

「まあ、あの男の子がとうとう……」

と、瀧子親方は感慨に震える声でつぶやき、南魚庵さんと手を取り合った。

私と由良子さんは、店で一番座り心地のよいソファに並んで腰かけ、ゆったりとページをめくりながら、その物語を読み始めた。

本書に登場する文芸作品

『ルネ・ヴィヴィアン詩集——菫の花の片隅で』（ルネ・ヴィヴィアン著／中島淑恵訳／彩流社／2011年）
『へんなどうつぶ』（ワンダ・ガアグ著／渡辺茂男訳／瑞雲舎／2010年）
『ねえ、どれがいい？』（ジョン・バーニンガム著／まつかわまゆみ訳／評論社／2010年）
『きのこ図鑑——道端から奥山まで。採って食べて楽しむ菌活』（牛島秀爾著／つり人社／2021年）
『もりのこびとたち』（エルサ・ベスコフ著／大塚勇三訳／福音館書店／1981年）
『シオドアとものいうきのこ』（レオ＝レオニ著／谷川俊太郎訳／好学社／2011年）
『トガリ山のぼうけん3　月夜のキノコ』（いわむらかずお著／理論社／2019年）
『きもの』（幸田文著／新潮文庫／1996年）
『ノルウェイの森』上・下（村上春樹著／講談社文庫／2004年）
『密やかな結晶』（小川洋子著／講談社文庫／1999年）
『本日釣り日和——釣行大全 日本篇』（夢枕獏著／中公文庫／2001年）
『森の生活——ウォールデン』上・下（H・D・ソロー著／飯田実訳／岩波文庫／1995年）
『パノラマ島綺譚』（江戸川乱歩著／角川ホラー文庫／2009年）
『珊瑚集 仏蘭西近代抒情詩選』（永井荷風訳／岩波文庫／1991年）
『枕草子』（清少納言著／池田亀鑑校訂／岩波文庫／1962年）
『万葉集』（角川書店編／角川ソフィア文庫／2001年）
『新版 徒然草』（兼好法師著／小川剛生訳注／角川ソフィア文庫／2015年）
『和泉式部日記 現代語訳付き』（和泉式部著／近藤みゆき訳注／角川ソフィア文庫／2003年）
『うたかたの日々』（ボリス・ヴィアン著／伊東守男訳／ハヤカワepi文庫／2002年）
『四畳半神話大系』（森見登美彦著／角川文庫／2008年）
『銀河鉄道の夜』（宮沢賢治著／新潮文庫／1961年）
『プラテーロとわたし』（J・R・ヒメーネス著／長南実訳／岩波文庫／2001年）
『高慢と偏見』上・下（ジェーン・オースティン著／富田彬訳／岩波文庫／1994年）
『細雪』上・中・下（谷崎潤一郎著／新潮文庫／1955年）
『真面目が肝心』（オスカー・ワイルド著／厨川圭子訳／角川文庫／1953年）
『しろいうさぎとくろいうさぎ』（ガース・ウイリアムズ著／松岡享子訳／福音館書店／1965年）

本書は書き下ろしです。

坂本葵（さかもと・あおい）

1983年愛知県生まれ。東京大学文学部卒業、同大学大学院人文社会系研究科博士課程修了。大学の非常勤講師の傍ら執筆活動を始める。『吉祥寺の百日恋』（2014年／新潮社）で作家デビュー。そのほかの著作に『食魔 谷崎潤一郎』（2016年／新潮新書）、『猫の浮世絵』全4巻（2018年／アドレナライズ）。本書が二作目の文芸作品となる。

その本はまだルリユールされていない

2025年3月24日　初版第1刷発行

2025年6月14日　初版第3刷発行

著者　坂本葵

発行者　下中順平

発行所　株式会社平凡社

〒101-0051

東京都千代田区神田神保町3-29

電話　03-3230-6573（営業）

https://www.heibonsha.co.jp/

印刷　株式会社東京印書館

製本　大口製本印刷株式会社

ISBN 978-4-582-83982-1